遊神與玄思／高行健詩集

高行健

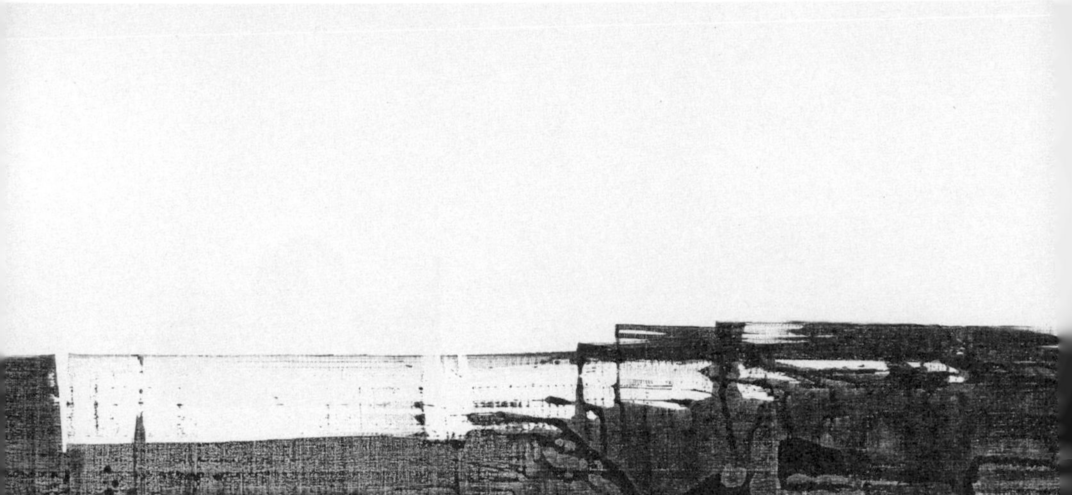

高行健—國際著名的全方位藝術家，集小說家、劇作家、戲劇與電影導演、畫家與思想家於一身，一九四〇年生於中國江西贛州，一九九七年取得法國籍，定居巴黎。二〇〇〇年獲諾貝爾文學獎，成為首位獲此殊榮的華人作家。他的小說與戲劇關注人類的生存困境，瑞典學院在諾貝爾獎授獎頌辭中以「普世的價值、刻骨銘心的洞察力和語言的豐富機智」加以表彰。

他的長篇小說《靈山》和《一個人的聖經》法譯本曾轟動法國文壇，法新社評為二十世紀末中國文學的里程碑，現已譯成三十七種文字，全世界廣為發行。他的劇作包括《車站》、《野人》、《彼岸》、《逃亡》、《生死界》、《夜遊神》、《山海經傳》、《八月雪》、《叩問死亡》和《高行健戲劇集》等十八種，已在歐、亞、北美洲、南美洲和澳大利亞等地頻頻上演，也是進入當代世界劇壇的第一位華人劇作家。他的文學藝術思想論著《沒有主義》、《另一種美學》和《論創作》，都見解犀利，獨立不移。他的繪畫作品也獨具一格，將沉思、想像和詩意滙在水墨之中，呈現出超然幽深的內心世界，在歐亞和北美的許多美術館、藝術博覽會和畫廊舉辦了八十多次展覽，出版了三十本畫冊。

不僅諾貝爾文學獎，他還榮獲法國藝術與文學騎士勳章、法國榮譽騎士勳章、義大利費羅尼亞文學獎、義大利米蘭藝術節特別致敬獎、美國終身成就學院金盤獎、美國紐約公共圖書館雄獅獎、盧森堡歐洲貢獻金獎；香港中文大學、法國普羅旺斯大學、比利時布魯塞爾自由大學、臺灣的臺灣大學、中央大學和中山大學等皆授予他榮譽博士。此外，二〇〇三年法國馬賽市為他舉辦了大型藝術創作活動「高行健年」，二〇〇八年法國駐香港及澳門總領事館和香港中文大學為他舉辦了「高行健藝術節」。

詩意的透徹

——高行健詩集序

劉再復

十三年前，我讀了《一個人的聖經》列印稿時受到震撼，立即寫了一篇〈中國文學曙光何處〉，發表於香港《南華早報》，今天讀行健的詩集，尤其是讀了〈美的葬禮〉和〈遊神和玄思〉二首，又一次受到震撼。

行健的詩寫得不多。我出國後才讀到幾篇，每篇都有新鮮感。二十年前，讀了〈我說刺蝟〉現代歌謠之後，曾對行健說：「你應多寫一點詩，甚至可以寫一部長詩。」因為我覺得他已經創造了新詩的一種新文體，語言精闢，極為凝練，詩中蘊含獨到的思想，輕輕鬆鬆戲笑之間，顯露出對世界和人性深刻的認知，但又毫不費解，非常清晰，一讀就懂。

等待了二十年，這才再讀到他去年的〈遊神與玄思〉和今年的新作〈美的葬禮〉。這一次我所以再度受到震撼，是因為面對危機重重找不到出路的現今這時代，我霎時心明眼亮，得到一種啟迪，一番徹悟。興奮之餘，我對行健說：「你的詩，有一種詩意的透徹。」

所謂透徹，乃是對世界和對人類生存環境認知的透徹。「透徹」與「朦朧」正相反，毫無遮蔽，暢快直言真切的感受。在當下一片渾濁的生存困境下，一個詩人或思想者究竟能做什麼？人倘若摒棄種種妄念的屏障而活在真實之中，又是否可能？讀了行健的詩集，我竟像讀到一部擁有真知灼見的思想論著，從困頓中翻然覺悟：

生命之於你
重又變得這般新鮮
還在這人世
縱情盡興
再一番馳騁
莫大的幸運！

確實如此，這正是〈遊神與玄思〉的開篇，全詩三十六節，詩人直抒胸臆，十分清醒，又多麼自在。人終有一死，剩下的時間不多，這有限的生命該怎樣活？怎樣面對這「紛紛擾擾」的世界？怎麼擺脫「隱形大手」「暗中撥弄」，從而贏得詩意的棲居？世界如此混沌，詩意棲居又是否可能？眾生如此紛擾，到處是陷阱，自由何在？詩人透徹了解當今的現實，並不絕望，就上帝「放他一馬」的機會，在人世中竟然縱情盡興，大大馳騁一番。行健在獲得諾貝爾文學獎之後，盛名之下各方的壓力，勞累不堪，大病之後居然康復。如今又是作畫，又拍電影，又寫詩，還又建構另一種美學，不拘一格試驗，尋找各種藝術形式再創造的可能，也包括新詩體的創造。這一切都是他透徹領悟世界之後的新成就。他的詩得大自由，正是這番馳騁極為有力的見證。

說起詩，應當承認一個基本事實：現代詩的讀者越來越少，影響越來越微弱。箇中原因很多，也許是這世界已被俗氣的潮流所覆蓋，缺少詩意；也許是因為金錢和市場霸占了全球，而政治的喧鬧又無孔不入，沒有詩的位置了；也許因為小說的文體更加貼近生活，更能滿足讀者日常的需求而擠壓了詩歌。但是從詩本身而言，有一原因恐怕是當代詩歌的一種致命傷，這就是沒有思想。換句話說，是詩人沒有足夠的智慧和思想回應當下人類生存的真實困境。我們眼前的世界現狀是：地球向物質傾斜，工具理性粉粹了傳統的價值觀，人正在蛻變成金錢動物。面對令人不知所措的現今世界，恰恰需要哲學的回應，也需要詩的回應。

二十世紀之中，艾略特的詩所以能獨樹一幟，乃是因為他及時地回應了人類的難堪處境，正如卡夫卡捕捉到世界的「荒誕」一樣，他捕捉到世界的「頹敗」。他發現繁華掩蓋下的「荒原」，給人間敲響了詩的警鐘。艾略特的發現，不在於語言的技巧和詩的朦朧，而在於他的思想的透徹。他沒有落入詞句的遊戲，而是緊緊抓住時代的病症，並對世界敲響了警鐘。然而，這近幾十年來的當代詩，不幸喪失了艾略特的真諦，落入了玩語言、玩技巧、玩辭章造句的迷魂陣之中，沒有思想，沒有感受，沒有切膚之痛，更沒有深刻的認知。語言技巧的遊戲無法掩蓋思想的蒼白。我們看到的一些中國詩人，陷入這種詞句的遊戲，甚至言不知其所以，讓人不知道他們是否真有話要說，還是詞不達意，還是就沒有感受。只見他們生吞活剝效仿翻譯的西方現代詩，自己的詩也近乎歐化的翻譯體，而最要命的是缺少對世界清醒的認識，自然也看不到他們對現時代人類生存困境必要的回應。

行健的詩和中國時行的詩歌基調毫不沾邊，與當今流行的詩歌範式也全然不同。

我所以喜歡讀行健的詩而且受其震撼，就因為他的詩確實有思想，又有真切的感受。可以說，他的每一行詩，都在回應這時代的困局。他詩中說得很清楚：

啊，詩
並非語言的遊戲
思想
才是語言的要義

正因為他的詩回應了東西方人類普遍的生存困境，而且沒有一句空喊，沒一句矯情，毫無造作，句句出於真情實感，所以令人止不住產生共鳴。如果說，艾略特捕捉到的是人類世界的「頽敗」，那麼，高行健捕捉到的是人類現時代價值淪喪的「虛空」。這可是前所未有的大空虛，「一派虛無乃事物本相，只能拾點生活的碎片」（〈佳句偶拾〉第二十四節）。人的精神被錢與權所替代，而人性變得日益貪婪，政治無窮盡的喧鬧，而市場無孔不入，連文化也變成謀利的工具。這一切乃是「真、善、美」價值大廈的倒塌。正是在這如此虛空的語境下，高行健推出〈美的葬禮〉。

這首長詩開篇便叩問：

　　你是否知道美已經消逝？
　　你是否知道美已經死亡？
　　你是否知道美已經葬送掉？

跟隨這發人深省的叩問，「現如今　滿世界／目光所及　鋪天蓋地／處處是廣告／恰如病毒　無孔不入／每一分每一秒／只要一打開電腦／堵都堵不住！／再不就是政治的喧鬧／黨爭和選票／而八卦氾濫／媚俗加無聊／唯獨美卻成了禁忌／無聲無息／了無蹤跡／你還無法知道誰幹的勾當／光天化日之下好生猖狂／美就這樣扼殺了／湮滅了　了結了／真令人憂傷！」可以說，句句切中這時代的病痛。

　　精神的貧困滿世界瀰漫
　　這人世越來越嘈雜
　　人心卻一片荒涼

當今世界缺少詩意，而高行健的詩卻布滿詩意。這種詩意既來自他對世界的清明意識，也來自他對這世界日趨虛空深深的憂傷。認知是深刻的，憂傷也是深刻的。現今的政治都變成追逐權力的遊戲，「正義」成了應時的空話，一切都被納入市場，人性的貪婪變得如此猖狂，人間愈來愈像個大賭場——戰爭時期是屠場，和平時代是賭場。可是誰也救不了世界，文明的歐洲連「救市」都救不了，還有什麼能耐「救世」？世界難以拯救，人性難以改造。對於這人世的虛空，高行健看得極為清楚，因此也深深悲傷。這憂傷，便是關懷。有人說，高行健的「冷文學」缺少社會關懷，殊不知這憂傷悲天憫人，正是大關懷。這是禪宗慧能式的關懷，行健不唱救世的高調，卻也從不避世，他冷靜審視世界，又用文學見證這個世界，在冷觀中呼喚良知，在見證中寄託希望，其詩意就在冷觀與見證之中。

高行健因為法文好，很早就是介紹西方文化的先鋒，這是人們知道的，但少有人知道，行健的中國文化底蘊也非常深厚，不僅對儒、道、禪都有自己的一套見解，而且對中國古詩詞很有研究。他寫的詩並不仿效西方的現代詩，而是繼承中國古詩詞的明晰和可吟可誦的樂感。樂是一切文學的發端，更是中國文學的發端。中國的「詞」

本就是可配樂的詩，漢語的四聲語調與節奏，天生具有音樂感。行健的詩一方面富有思想，一方面又富有內在情韻和外在音韻，朗誦起來琅琅上口。他不把工夫用在辭采的炫耀上，不故弄玄虛，而是言內心的真實之言，可以吟唱。讀了他的《靈山》，覺得他是精神流浪漢，讀他的詩集，則覺得他是個行吟的思想家。詩中有思想，思想中有詩，正如王維「詩中有畫，畫中有詩」。

在政治和市場的雙重壓力下，有的詩人功夫做在詩外，一味追逐權力與功名。「詩人都說詩歌好，唯有功名忘不了」，曹雪芹的〈好了歌〉，可改兩個字贈予這樣的詩人。而高行健雖寫詩不多，卻是真詩人。他的人生狀態、寫作狀態是詩的狀態，即超功利、超妄念、超越一切外部的「功夫」。十年前，我用「文學狀態」四字形容他，今天則要用「詩狀態」三字來形容他。有詩人主體的詩狀態，才有詩文體的詩意。詩的思想，詩的真情實感，詩的自然詠歎，均與詩人的狀態相關。「詩狀態」，是高行健對現實世界的挑戰。我相信，高行健的詩，將與他的小說、他的戲劇、他的繪畫一樣，一定會走進人的心靈，引發長久的共鳴。

於美國Colorado

（二〇一一年十一月十三日）

目次

我說刺蝟（現代歌謠）

刺蝟
我說
一條蟲
慢慢流淌

十七年前
科羅拉多
有一條河
沒魚美人
並非不幸

基督孤獨
孤獨的基督

黃昏
昏黃
草原
瘋長的草原的風

一隻破鞋
和
一個孩子
遺忘了……

什麼？

有一天
下雨

她說
要個孩子
還要
別墅
好度假

假如都是真的
神話
比情話更燙

世界
破成無數碎片

拾不起來

蟬翼

顫顫

風

有息無聲

從腳心透骨髓

女人

手指修長

冷眼

觀看她那作品

他

喃喃吶吶
講述一長串故事
全都沒有的事

語言
漿糊
禁忌和嫉妒

風
祇數
脊椎骨
纖纖手指
比言語更殘酷

沒有人說得清
這顫慄
有何意義

屋頂
雨聲淅瀝

再一次
空虛

門兀自敞開
黑海幽幽
在地圖一角
一隻帆船老舊

永遠停靠
在鏡面這邊

你
弄不清
也不想弄清
弄也弄不清
你還是不是你自己

荒原
一個虛假的詞

都是英雄

地鐵車站

廣告廣告
全都性商標

沒有了
開始就知道結局

沒有新聞
便製造一個

他
投籃
中了彩票

哈哈大笑
不為什麼

只因為無聊
誰都抱怨鄰居
把字拆開
人
便也無法辨認
將句子搓洗
如同打麻將
再
長長短短
排成詩行
倫理

弄進洗衣機裡
攪乎一遍
一場革命
近乎完成

屋頂塌陷
雨
落在
裸體
擰絞一起

鐘擺盪到至高點
徑自落下
最大限度消費

男女都一樣
平等的意義

精神在鏡子裡面

一棵樹
草場前
雨霧迷濛

蛙鳴
深處

純詩安在？

語言金字塔廢墟

爬出條蜥蜴
尾巴斷了

夏天溫涼
還是夏天嗎？

十七
一個最沒有意義的數字

偶然並非偶然
又非必然
形式之規定
恰如命運

此時此刻

交合與感覺
如此而已

時間不過是機遇
留不下痕跡
衹有記憶

最後一班地鐵
微微顫動窗玻璃
穿過海灣

乳房
一道傷痕

不許說

不等於沒說

沒有明天
沒有
沒有

一顆黑痣
一頭傻驢
都是混蛋

解脫了紐扣
解脫了虛偽
解脫了負擔
只剩下疲倦

童年像只老貓
在椅墊上打盹

你開始講述說了一千遍的故事
一千零一夜只有那零頭還有點意思

魔鬼騎在墻上
用鞭子抽打
一匹母馬

魔鬼就是你！

那母馬
名字
叫

我們大家
都追趕時髦
生怕落伍
你寧可回到鄉間集市
去喝早茶

再說
說什麼？
一個笑話
牙
老掉了
蝴蝶為什麼不是別的？

只因為蝴蝶是蝴蝶

營造意象
從顏色開始
營造顏色
靠三寸不爛之舌

都拚命證明
地球是扁的
自我滾圓
真理總得圍住什麼人
團團直轉

一架飛機
墜落在

孩子夢裡

一顆棗核
不知道發芽
不知道發芽的棗核
不知道害怕

把窗戶打開
在墻皮上塗鴉
畫隻仙鶴
嘴巴肥大

恐懼衹來自不可知
知道了
便不再說話

除了性
這世界還剩下什麼？
除了魔鬼
還有沒有童話？

除了你
還有我嗎？

除了你之於我之我之於她
一個女人
不知道真實與否
總也在編造謊話

離開了謊言
該多麼惶恐
於是你騙我騙
把謊言加以彙編
編織一個個巢穴
做成一顆顆信念
便理也得
心也安

你打
哈欠

（一九九一年）

◀〈火〉，1991，94.5cm×67cm

▼〈沉醉〉，1994，64.5cm×48.5cm

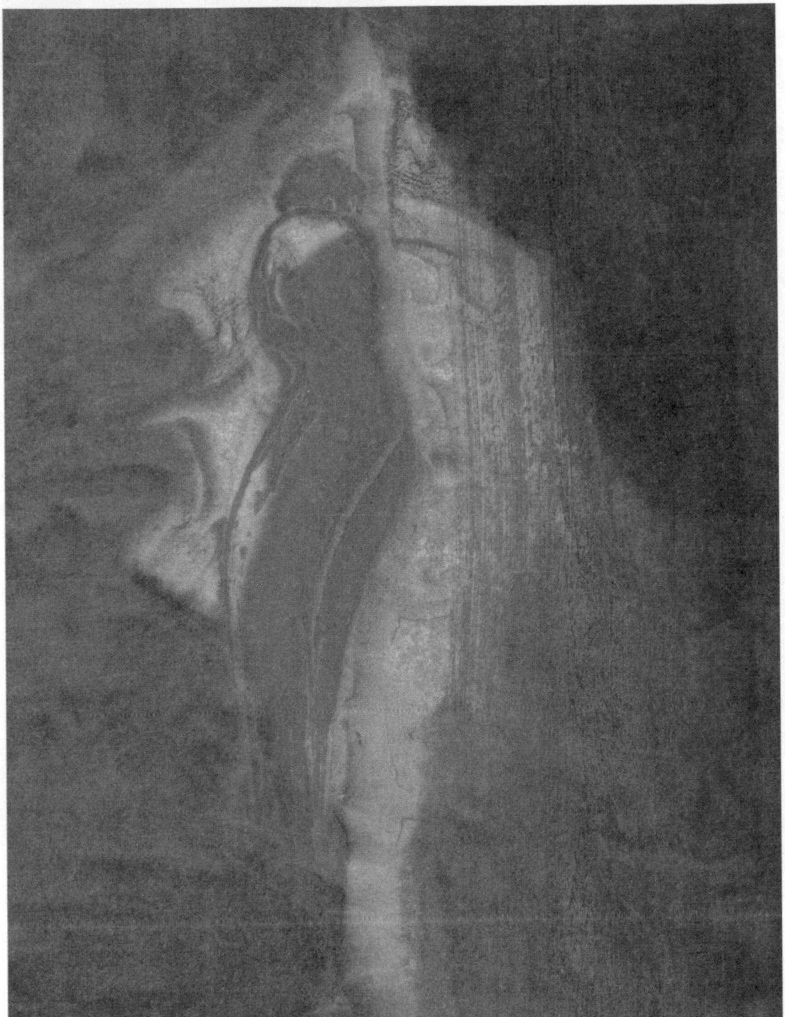

逍遙如鳥

你若是鳥
僅僅是隻鳥
迎風即起
率性而飛
眼睜睜俯視
暗中混沌的人世

飛越泥沼
於煩惱之上
聽風展翼
這夜行毫無目的

自在而逍遙
盤旋環顧
或徑直如梭
都隨心所欲
何必再回去收拾
滿地的瑣碎

既無約束
也無顧慮
更無怨恨
往昔的重負
一旦解除
自由便無所不在

迴旋凌空
猛然俯衝
隨即掠地滑行
都好生盡興

沉沉大地
竟跟隨你搖曳
時而起伏
時而豎立
那地平線
本遙不可及
頓時消失了
一個個奇景
全出乎意料

雲或是霧
一掠而過
微光和晨曦
盡收眼底

群山移動
一個湖泊在旋轉
猶如思緒
你優遊在
海與曠漠之間
晝與夜交匯處

偌大一隻慧眼
引導你前去
未知之境

憑這目光
你便如鳥
從冥想中升騰
消解詞語的困頓
想像都難以抵達
那模糊依稀之處
霎時間在眼前
一一浮現

玄思的意境
無遠無近
也沒有止盡
清晰而光明

明晃晃一片光亮
空如同滿
令永恆與瞬間交融
時光透明
而若干陰影與裂痕
從中湧現某種遺忘

這一切從未見過
瞬息變化
難以預料
稍許恍惚
便喪失了

你重又暗中徘徊
清楚的只是

你畢竟不是鳥
也解不脫
這無所不在
總糾纏不息
日常的紛擾

一番徒勞
得找個避風港
安撫你的靈魂
倘若這魂魄
你或許還有
可不該有個去處
既非天堂
也非地獄
令這失重

得以承受

如何找到一片淨土
讓這困擾的人生
耗盡之際
解除掉妄念
好得以安息

你可曾見過
一隻老鳥
衰弱不堪
惶恐不安
悽悽慘慘
哀怨
哭泣

乞求
苟延殘喘？

是鳥都知道
優遊了一生
時間來臨
便徑自奉上
作為祭品

是鳥都找好
隱匿之地
垂危之際
靜靜等候
生命消逝
這聖地莫不

也是你的歸宿
又在何處？

（二〇〇九年　中文本定稿）

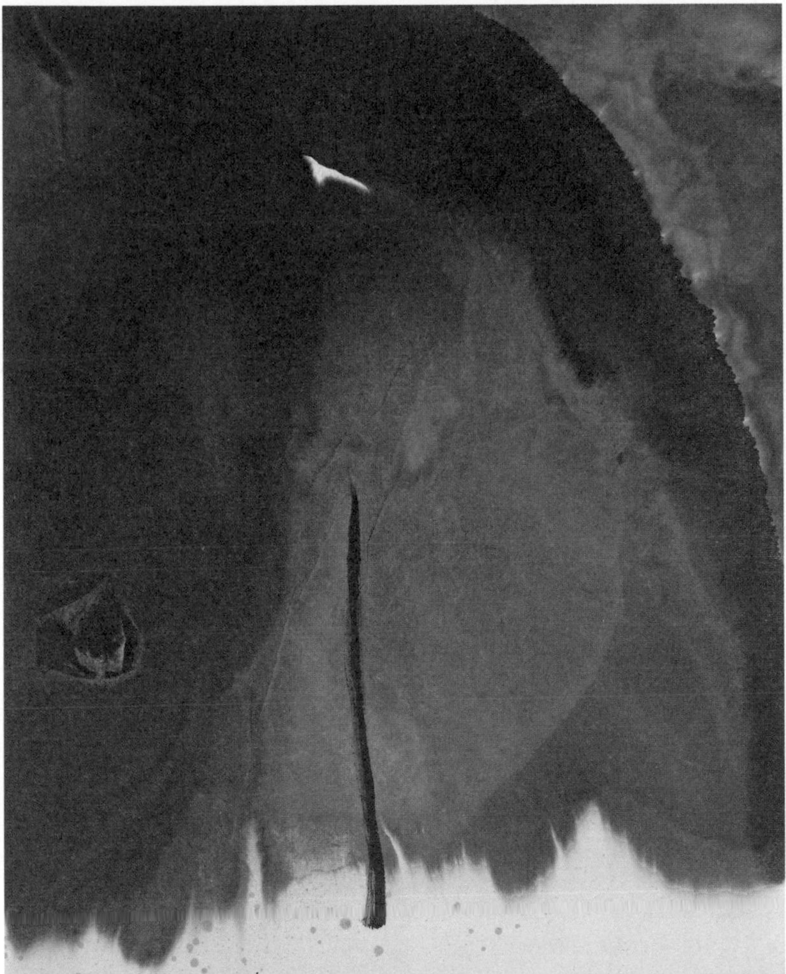

〈出乎意料〉，1994，44cm×58cm

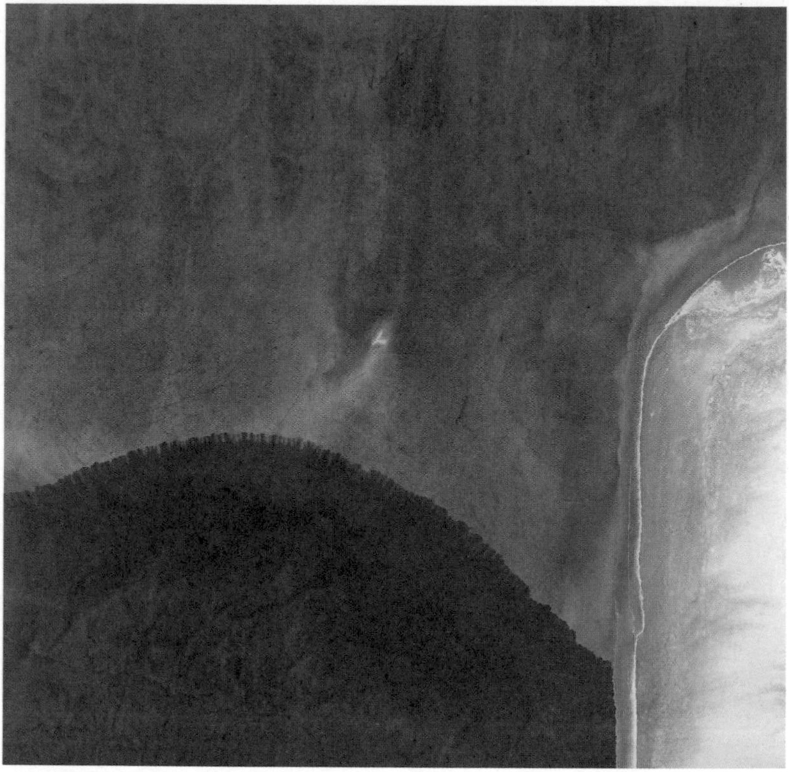

▲〈夜火〉，2004，69cm×75.5cm

◄〈馬賽大教堂系列之一〉，2002，69.5cm×43.5cm

夜間行歌（舞蹈詩劇）

角色：

一位女演員和兩位女舞者，一名憂鬱，另一名活潑，三人呈現的是同一個人物，一個當今女性的形象，她。

舞臺上時不時有一名樂師吹薩克斯風，或拉手風琴，或什麼別的樂器。

建議：

劇中的你、我、她三個人稱指的都是這位女主人公。

女演員用敘述者的語調呈現這人物她。

說到我們的時候，語調略有誇張，甚至可以帶點滑稽。

說到您或你們的時候，指向的是男性觀眾；女演員這時在扮演女主人公她，語調時而挑釁，時而調侃。

（女演員上場。）

女演員：（對觀眾述說）
這是一首老舊的情歌
至今依然在回響
還總也這麼憂傷

這歌現今由女人唱
好比涼菜拌辣醬
又麻辣來又淒涼

你們姑且靜心聽

倘也喚得起共鳴
止不住會動心
（女演員開始扮演這人物她。）

她：

她夜間漫步在街上
由那點兒心思陪伴
好比女人遛小狗
由那狗又跑又顛
（憂鬱的舞者上場。）

女演員：

人行道上櫥窗明亮
這身影同您正巧擦肩
或是露天的咖啡
或甜品店前
那一絲微笑
就掛在嘴邊
目光瞬間的點觸
您便止不住心跳

這女人好生水靈
未必就聽天由命
說的是女人的失落
並非就無拘無束
是男人都夢想的女人
竟無人贏得這份愛情

（憂鬱的舞者下場。）

女演員：

誰知道突然間
在地鐵車廂裡
她同您面對面
明眸潔淨如藍天
那瞳孔又如同
深海幽幽
您也就聽見心底
海鷗撲騰騰鼓翼
她卻已低頭
看的是收攏的雙膝

（活潑的舞者上場。）

女演員：

她一身的溫馨

電梯裡繚繞您

門剛開轉身就走

您吸進肺腑

滿樓道煮魚的氣味

（活潑的舞者下場。）

她：

溫柔的女人

又好生殘酷

這魚美人

活脫一個妖精
滿世界優遊
將你們的生命
一一喚醒

（女演員嫣然一笑。憂鬱的舞者上場。）

女演員：
掛一串鈴鐺
風過留響
那便是她
把鈴鐺摘除
不肯響的
也還是她
步履輕盈

行止悄悄
無人知曉

您以為得手之際
她卻已經解脫
您把握的只是
留給您的苦澀

（憂鬱的舞者下場。）

女演員：
她潛在的行程
如風還又如歌
路面每一塊街石
恰如一個個心坎

她所經之處
一概輕輕拂過

（樂師上場，演奏。）

她：
我如果對您說她
並非是我在說話
她倘若對您說是我說的
準是她對您要說的話
我只不過以她的名義
這話聽得清楚嗎？

得，別再談詩了
這讓人好煩惱

（活潑的舞者上場，同她相交而過。）

她：
女人的一個鬧劇
配上男人的抒情
豈不更加可笑？

女演員：
女人反男人
那還得了！
這仗可打不得
輸贏只有天知道

（活潑的舞者上場，樂師低頭演奏，沉浸在他的樂聲中。）

她：
由男人成日慣
思想生存之道
女人天生成
本性無需再思考

上帝白造這人世間
也真夠荒誕
她那怕天性是女神
只落下憂傷

耶穌基督誕生之前
世界先已存在
聖母瑪利亞還是處女

夏娃已經犯了禁忌

男人還沒有信仰
女人卻天賦性感
且不管是獻身
還是命中注定
本性就等確認
給世界以生命
而義務與道德
正義和說教
都無是生非
多餘的製造

（樂師停止演奏，遠遠注視她。）

她：（步履闌珊）

她吸入子宮
一個個的詞
又乖又調皮
都像她的孩子
只等她孕育

（樂師手持樂器，遠遠跟隨她。）

她：

她如是這般
失落在子夜

（樂師吹一聲口哨。）

女演員：
身後一個男人尾隨
以為是個妓女？
可不就由他去

（樂師越過她，瞟她一眼。）

女演員：
她此時此刻
只走個不停
擺脫掉思考
好排遣焦慮

（樂師下場。）

她：（擺弄腳步，從而得趣，越走越古怪）
我走你走她也走
我們走來你們走
誰也不見走掉了

特拉拉，的啦啦
一個個詞都之出於
主人公——
不，女主人之口
我哪裡也不去！
得，從頭來起
可我究竟是誰？
或何許人是我？
這話問得好蹊蹺！
現今的聖賢

睜一雙大眼
挖空了心思
嚼不爛的舌頭
紛紛揚揚這自我

（她下場，樂師上場，戴了頂帽子，演奏的音樂很憂傷。女演員上場。）

她：
她渴望的是血！
女演員：
找誰去復仇？

（憂鬱的舞者上場，月光下獨舞。）

她：

一縷游絲
女演員：
不知飄向何處

她：
一把利刃
令她疼痛
啊，止不住的快感
說不盡的苦楚！

（活潑的舞者上場，獨舞，月光消失。）

她：
像一隻蝴蝶
活活釘在牆上

抖動翅翼
身不由己
一聲呻吟
聲嘶力竭
顫慄不已
（她止不住大笑。樂師從昏暗中出來，音樂越來越響。樂師抬頭，露出如同小丑抹白的臉，二舞者雙人舞。）

她：
放下兒戲
抹掉甜膩
輕佻中坦露真生活
好生鮮猛
可這真實又有何用？

（音樂打住，樂師咧嘴微笑。）

她：
女獲男或男逮女
對獵物的態度
男人立馬糟盡
女人卻欣賞不已

（樂師的笑容做成了一副鬼臉。二舞者下場。）

她：
撫弄她那玩物
纖纖一雙素手
精細而狡黠

網織一片溫柔
（樂師的音樂越演越烈。）
她：
不論堂堂君子
還是流浪漢
統統拜倒
石榴裙下
還有什麼可說？
解脫掉男人製造的罪惡
女人只忠於自己的感覺
（活潑的舞者上場，獨舞。）

她：

你們費盡心計
尋求所謂意義
可女人血肉之軀
總活在此刻此時
您要當一回女人
會多點聰明
沒準倒配得上
她這份愛情

女演員：

可哪來這樣的男人
同她一樣敏感
同樣有活力

又同樣熱情？

（音樂戛然打住，樂師呆住不動。憂鬱的舞者拖一長布條上場，活潑的舞者下場。）

女演員：

誰又禁得起
她這種任性
如風暴扶搖直上
或任欲海裡沉淪

（憂鬱的舞者用布條纏住樂師的頭，繼而包裹其身，活潑的舞者拖住布條的另一端上場。風聲起，月色慘澹，一片沙丘顯現。）

她：

你們枉為男人
全然無法想像
這番風景
如此曖昧
那般混沌
荒涼的山丘
竟然在風沙中移動

你們太沒耐心
無法見識
她那靈魂
如此美妙
繁花似錦

你們也無法觸及

她心底的奧秘
更別說攀登
她飛升時那番奇景
（月亮變得橙黃。）

她：
你們滿以為擁有的女人
卻全然不知她那孤獨
無人分享只留給自己

你們白費氣力
自作聰明
自以為強壯
你們的無知

卻根深蒂固
無法克服

你們分配給女人
各種免費的德行
作女兒的貞潔
做母親的仁慈
還有情婦的淫蕩
當你們作樂尋歡
真令人憂傷！

（二舞者拉布條，樂師跌倒，二舞者將他在地上拖。
月光呈暗紅。）

她：
叫風倒灌
房屋都塌陷
牆垣全崩敗
讓沙漠入侵
把記憶掩埋

（二舞者把樂師拖下舞臺。月亮隱沒，一個剛能聽見的聲音越來越尖銳。憂鬱的舞者上場，低頭看赤腳。）

女演員：
一個聲音
在腳下
剛要提起
好生奇怪

竟直抵腳底
什麼東西要出來
什麼東西在呻吟
什麼東西尖銳
什麼東西這麼討厭
什麼東西在啃噬
什麼東西在哭泣
什麼東西令她窒息
什麼東西要將她摧毀
她必須竭盡全力
將恐懼與呻吟
一概碾碎

（活潑的舞者揮舞一面破布做的大旗上場，憂鬱的舞者下場。）

她：
瞧這女子
如此溫柔
竟然高高揚起
生命的大旗！

（活潑的舞者獨舞。）

她：
湮滅憂愁
借助於酒
抹掉愛情
說說笑笑
一味的耍鬧
愛也罷情也好

統統玩掉

（憂鬱的舞者拖上一長串內衣和床單上場，活潑的舞者把這些衣物掛滿舞臺。）

她：

叫木馬旋轉起來

讓遊藝場好生熱鬧！

（她和兩名舞者一同起舞。）

她：

對準心臟射擊！

塑膠包一個個報銷

把酒桶戳個窟窿

血也就流出來了

叫小姑娘列隊遊行
敲打起銅鼓
未來的女人們
快投入戰鬥

倘若還有什麼
值得我們信仰
那就是自己的身體
讓五官興奮
優雅壓倒荒淫
倘還有什麼罪過
從今起一掃而盡
去挺身迎接

無比的歡欣
從無知中覺醒
更加美麗的是
我們的本性

擁抱一個全新的世紀
男人的世界顫慄不已
女人的法則才天經地義
槍殺、掃射、轟炸、屠殺
劊子手從來不曾是女人
男人從事骯髒的戰爭
女人給予的是愛情
男人扼殺掉的生命
女人卻重新懷孕
我們的權力就在於

告別注定的命運
不再充當犧牲品
（高高豎起破布做成的旗幟。）

團結在這大旗下
用我們的嫵媚
作為武器
向世界宣戰
去迎接勝利！
（她帶領兩名舞者前進。）

女人建立的王國
心花紛紛怒放

讓輕鬆超越暴力
讓誘惑替代侵略
世界會美妙得多

（她失聲大笑。）

女人們散沙一盤
到頭來彼此出賣
對男人的聖戰
儘管注定失敗
勇氣倒還不小
不妨吹響號角

（她止住笑聲，聽任破旗倒地，兩位舞者拖一大堆衣物下場。）

女演員：
生活天天如此
沒可看的戲
有的只是孤獨
看守你自己

（破爛全從臺上拖走了，她無精打采，在空曠的舞臺踱步。）

她：
荒原漠漠
她擁抱風
白白擁抱
一片虛空

絕望像匹母馬

沙丘上嘶鳴
頹然倒下
目光黯淡

（她下場。
光線柔和，樂師光頭，面貌看不清，演奏爵士樂。
憂鬱的舞者穿皮短裙，拿杯酒坐在高腳凳上。
女演員和活潑的舞者分別從兩側上場。）

活潑的舞者：
這位女士，不要一點什麼？
她：
女士要的是，不可能的約會。
活潑的舞者：
這好辦，請便。

憂鬱的舞者：

這位女士想必明白，凡事都有個價錢。

（樂師奏起歡快的舞曲。
兩位舞者相抱，緩慢起舞。
她走向前臺，離開光線柔和的背景。）

女演員：

先是輕輕蕩漾
繼而釀成波浪
再漲為海潮
潮漲潮落
如此往返
如是催眠
靜悄悄

夜深沉
（柔和的燈光漸滅，二舞者消失。
雨聲淅瀝。）

她：
一個女人提氣
夢遊在屋頂
張開手臂
腳步輕移
稍有閃失
一個騰空翻
警察局的檔案袋
明早準多一份
自殺的記載

（舞臺天幕出現傾斜的屋頂，雨中泛光。）

她：（閉上眼睛）
猛然怦怦心跳
聽見樓下庭院
窗口傳來
肆無忌憚
做愛的叫喊

（緩緩睜開眼）
此時此刻
復歸平靜
遊神懸置
無想無思

似乎從來如此

（憂鬱的舞者踮起腳尖，穿過舞臺。）

她：（伸開雙臂，合上眼）
她重又聽見
寂靜在流淌
有如一匹平展的布
隨氣流起伏
她身體輕盈
衣衫單薄
夢中飛翔
在沉睡的城市之上
夜之清新

撫摸肌膚
令嘴唇眼角舒展
啊，她適意滑翔
於塵囂之上
無明天的焦慮
在世界的終端
像童話中的仙女
純真得無邪
又猶如雞蛋
不知破碎
可一經觸擊
便面緋紅
血直湧
奶鼓脹
身發燒

那喪失之時
迎接的是歡喜
且聽之任之
這迷狂之際

女演員：（睜開眼睛）
言語也由此而來
或品味或吞嚥
如同各色藥丸
治療或麻痹神經
或是康復或是自盡

（她詭譎一笑。音樂響起而樂師不出場。晨曦顯現，屋頂消失。活潑的舞者上場，獨舞。）

她：
透過玻璃窗
聽風聲呼嘯
透過呼嘯聲
聽得見心跳
透過心跳
什麼也不見
茫茫一片

（樂師演奏樂器，上場。）

她：
不知所措
精神失落
不知何處

無可言說
搜尋記憶
以往的經歷
全都忘卻了
永恆僅在
此時此刻

女演員：
男人製造烏托邦
叫人上當
女人的毒藥
種種妄想
真實的生活
可不聽天由命

（活潑的舞者和憂鬱的舞者從兩側同時上場，雙人舞。）

她：
從城市到城市
夜繼以夜
既無鄉愁
也無遺憾
留下的足跡
轉眼便抹去
又反覆再三

（她同兩位舞者構成三人輪舞。）

她：
米歇爾聖山

遠非世界的終極
一日復一日
太陽還照樣升起

女演員：
她同別人區別並不大
早餐咖啡同樣加牛奶
隨後便消失在
上班的人群中
明晃晃陽光下
只有個影子在做夢
（她轉身，背對觀眾，向舞臺深處去，兩位舞者卻走向前臺。天幕上投影的是大街上往來不斷的行人，車輛的行駛聲蓋過音樂。）

劇終

（二〇〇九年十月 中文本定稿）

〈冥想〉，1994，60.5cm×48cm

〈想〉，2005，145.5cm×147.5cm

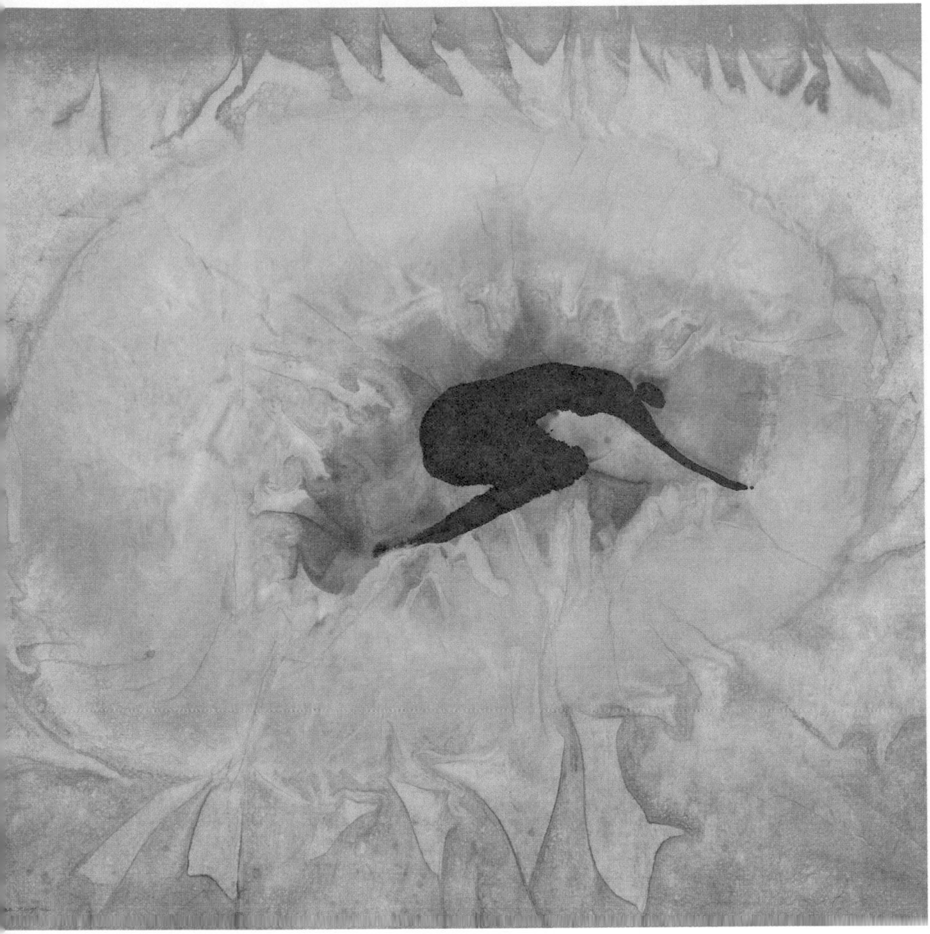

▲〈躁動〉，2003，79.5cm×81cm

►〈苦惱〉，1995，93cm×94cm

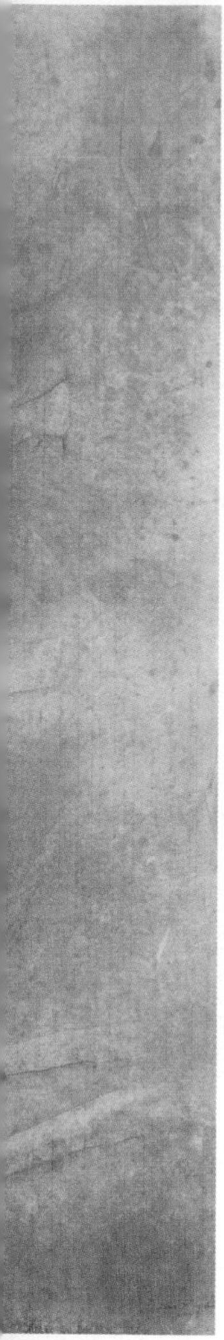

〈深不可測〉，2005，144cm×169cm

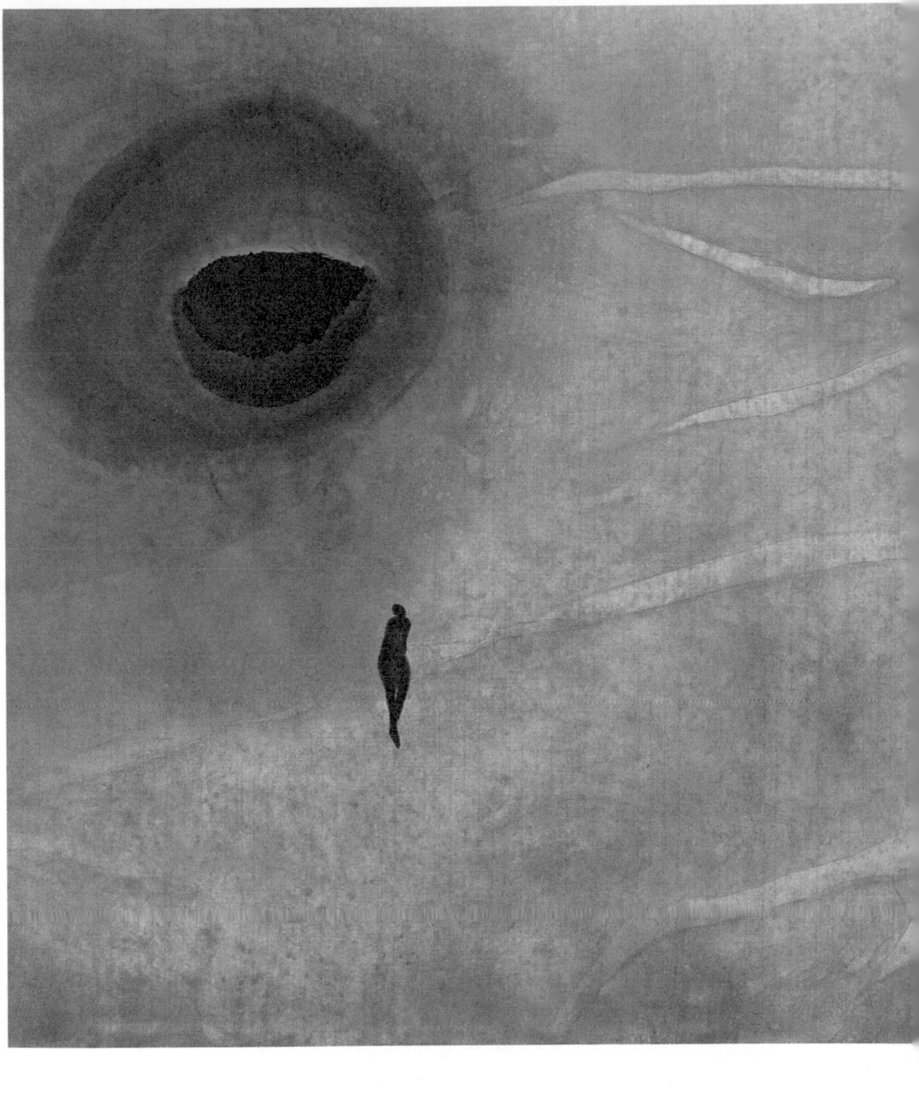

遊神與玄思

（一）

生命之於你
重又變得這般新鮮
還在這人世
縱情盡性
再一番馳騁
莫大的幸運！

死神本當將你收拾
是上帝說且慢
再留他一程

這孽障猶言未盡
不妨由他把話說完
這主太多的頭腦
早該清理掉
與陰暗為伍的死神
如是說

上帝畢竟仁慈
放他一馬
待他如寵兒
再一次寬容

（二）
如今，你離蒼天很近

離人寰甚遠
方才贏得這份清明
啊，偌大的自在！

你俯視人世
芸芸眾生
紛紛擾擾
一片混沌
竄來竄去
全然不知
那隱形的大手
時不時暗中撥弄

（三）
井圈

無限幽深
上帝
就坐在裡面
閉目養神
你我都看不見

（四）
生命是個奇蹟
你來到人世
純屬偶然
你其實
不如一根草
是否過得了今冬
只有天知道
那草明春

照樣風中飄搖

你如此渺小
還不如塵埃
限期到了
便一筆勾銷
可塵埃呢
去而復來
總也抹不掉

生命來得偶然
去也偶然
靈魂的消散
比塵埃還快
塵土與生命

原本分不清
昇華與還原
無所謂終極
你便是一個
不可言說的奇蹟

（五）

一顆骷髏
兩個黑洞
殘缺的下巴
不再說話
一副散架的骨骼
如同乾枯的樹杈

(六)

只要退後一步
便可以審視
那顆頭顱
儘管取下
盡興把玩
等膩味了
不妨再安上

(七)

真理不可說
說出的都不是
知道了就好
不知道的
可不由他去了

譬如說
人不免一死
誰聽了不是聳肩
就撇嘴一笑
到笑不了的時候
也就驗證了

（八）
要知道
你好不容易從泥沼爬出來
何必去清理身後那攤汙泥
且讓爛泥歸泥沼
身後的聒噪去鼓譟
只要生命未到盡頭

儘管一步一步
走自己的路

（九）
你不妨再造
一個失重的自然
心中的伊甸園
可以任你優遊
由你盡興

（十）
須知
自言自語
乃語言的宗旨
而遊思隨想

恰是詩的本意

（十一）

上帝成了一隻青蛙
就不那麼兇狠
睜大眼睛不說話
而上帝不開口
也不那麼可怕

魔鬼便坐在你對面
同你討論人性之惡
和人的醜陋
而人心之善
卻不是魔鬼的事
說得竟那麼到位

都止不住哈哈大笑
沒有過的透徹
難得這樣開心

上帝
睜睜一隻圓眼
另一隻緊閉
默不做聲
只聽

（十二）
這一切怎樣開始的
你已經記不清
總之
上帝與魔鬼

同你坐在一起
說坐不很恰當
這失重的天堂
坐或站或倒立
都沒有意義
而意在言外
說與不說如同沉默
討論便如此這般進行

上帝、魔鬼和人三方座談
你作為人的代表
雖無人選你
民主與多數取勝
人間這點道理
在天堂概不成立

至於推理與邏輯
注意！
說的正是
堂堂正正的大道理
還抵不上一塊擦腳布
須知：
伊甸園裡不穿鞋
魔鬼長一雙蹄子
上帝飄浮在雲端
赤腳的可不只有你

（十三）
你可曾見過醜陋的樹？
無論高大或矮小
直長斜長

在平地或是山頂
哪怕石縫或是岩壁
再惡劣的氣候
環境哪怕再險惡
告訴我
你可曾見過
一棵醜陋的樹？

再說，你可曾見過
哪根草醜陋？
不管墻頭或瓦縫
叢生或孤單一株
風雨中飄搖
即使折斷或枯萎了
告訴我，你可曾見過

哪根草就此醜陋？

那麼，你可曾見過
哪座醜陋的山？
荒山野嶺或林木茂盛
即使山石嶙峋
且別說崇山峻嶺
告訴我，你可曾見過
一座山醜陋？

或者，你可曾見過
醜陋的石頭？
即使打鑿或斷裂了
哪怕碾得粉碎
總還保持石頭的本色

可你我無疑都見過
行徑醜陋的人
五官俱全
相貌端正
卻內心陰暗
手段兇狠
哪怕裝得一本正經
冠冕堂皇道貌岸然
做出的事卻令人跌碎眼鏡

（十四）
人都會說三道四
指鹿為馬
人都會對天發誓

給別人畫地為牢
人都會裝神弄鬼
較之巫師跳大神
還不那麼費氣力

人都會指東道西
品頭論足
而撒謊扯皮
較之玩魔術
來得全不費力氣

人都會扮成天使
把對方說成魔鬼
人都會口蜜腹劍
血口噴他人一身

人都會義憤填膺
正義得簡直不行
既主持了公道
又把別人踩倒

人都會辱罵
歇斯底里發洩
一生的怨氣
誰碰上誰倒楣

人都會發瘋
還不可抑制
把對方撲倒在地
恨不能一把了結

捏住的那條活生生的性命

人都好爭鬥
這才有輸贏
還總也要打仗
容不得太平
非弄個你死我活不可
方才甘心
啊，人啊人，
不吸取教訓
從古至今永遠有戰爭
啊，不幸的人們！

（十五）

和魔鬼結伴

有多輕鬆
以你做人的經驗
想像不出能那樣開心
就瞧他一路惡作劇
弄得鷄飛狗跳
小兒哇哇的直哭
姑娘們尖叫
男人一張張鐵青的臉
唯有老娘們捂面
止不住竊笑
充其量也就如此而已

與魔鬼為伍毫不費心思
無須提防背後的詭計
且不說惡言中傷

暗箭傷人
僅僅是誹謗
就得一籮筐一籮筐裝
還別說種種罪名
都名正言順
大義凜然
宣判你無期徒刑
將你從故國的花名冊上
一筆勾掉

同人結伴可不是鬧著玩
再說人還不肯同你為伍
純潔隊伍先把你清除
不只是你這人
哪怕你隱蔽的思想

也統統埋葬
還是同魔鬼打交道
來得輕鬆
說笑都一無忌諱
從主席到總統的醜聞
再說到女人裙衩之間
那可是魔鬼的拿手好戲
自然津津樂道
笑得滿地打滾

這原本是魔鬼的性情
不像上帝一本正經
手持無上權柄
脾氣卻來得古怪

動不動降瘟疫與天災
叫人類險些滅種
魔鬼嘛只不過
時不時鬧點荒淫

（十六）
你已經千遍萬遍
追究過生命的涵義
此時此刻方才明白
這美好的瞬間
和瞬間的美妙

政客去追逐權力
準政客追蹤妄想
你毅然決然

拒絕充當他人的擺設
不再浪費所剩無多的性命
再說，這哪是你玩的遊戲

不如回到性靈所在
重建內心的造化
率性畫上個圓圈
再後退一步
將生存轉化為關注
睜開另一隻慧眼
把對象作為審美

（十七）
你歌唱清風
也歌唱苦難

唱清晨和黃昏的太陽
唱早春三月
煙雨洗不淨灰濛濛的天
歌唱愛情
也歌唱失戀
還歌唱孤寂
自言自語
自己得趣

（十八）
泥沼漫漫
無邊無際
沒有白天
沒有黑夜
無日無月

沒有蟲鳴
沒有鳥叫
有的只是
泥沼在呱噪
還緊緊咬住
你每一步下腳
總也擺脫不掉

（十九）

事情可不就這樣荒腔走板
像時間一樣扭曲
全都認不出來了
李四和張三
蚊子和蘋果
果樹或鐵犁

剃刀和刺刀
和烏鴉或蝴蝶
革命與反革命
或反革命與革命
也不知誰反誰正
邏輯與悖論
啊，唯有生命
才值得肯定
更何況
人也只能有一回

（二十）
從質疑到挑戰
再導致
同世界和解

與他人共存
人生之路
大抵還只能如此

（二十一）
等待的往往不來
來的卻令人愕然
烏托邦最好永遠
留在烏有之鄉

希望之虛妄
不如實實在在
過一天是一天
一如既往

(二十二)

號角響了
遠遠來自天邊
像一層層波浪
悠長悠長
由遠及近
傳遞到跟前
喚起心中
深深的悸動

天也黎明
你該啟程
這行程等了整整一生
沒有預定的路線
也沒有目的

還沒有終點

你伸出左手
不，你伸出右手
閉上雙眼
徑直向前
這就是你要走的路
你要走出的路
其實就在腳底

居然還有一生
且不管長短
供你消遣
又多麼幸運

（二十三）

你如此脆弱
如同石縫中一根草
居然踩不死

你如此微小
如同一粒種子
卻無處不能生根

你守住內心
那清明的意識
人世眾生相
看在眼裡
世間的糾葛
概不理會

你自我審視
明鏡之中
另有一番境界
也就了卻妄念
抵達一個人
所能的極限

（二十四）

從兒時起
一生的努力
那永無止境的義務
而責任又一再追加
壓得你難以喘息
如今剩下這點時間

該留給自己

不妨把一輪明月
托在掌心
或是凝望海天之際
橙紅的太陽正在下沉
闔上眼睛
去追隨落日的餘暉

（二十五）
如今沒有人對你發號施令
沒有人賦予你什麼使命
沒有人期待你的聲音
你居然有話要說
還非說不可

不能不說的話
才訴諸筆墨

（二十八）

啊，詩
無非語言的遊戲
思想
才是語言的要義
啊，以詩言志
又多麼乏味

你不如以言語戲弄人世
可別忘記且先愉悅自己

（二十七）
我沉重而你飄拂
我混濁而你清明
我狹隘而你豁達
我自以為是
你無是無非

你平靜而我躁動
你注視之下
我幸好得以沉靜

（二十八）
你一個遊人
無牽無掛

沒有家人
沒有故鄉
無所謂祖國
滿世界遊蕩

你沒有家族
更無門第
也無身分
孑然一身
倒更像人

你如風無形
無聲如影
無所不在

你
僅僅是一個指稱
一旦提及
霎時面對面
便在鏡子裡邊

（二十九）
啊你
一個優人
嘻嘻哈哈
調笑這世界
遊戲人生
全不當真

哦，你

一個悠人
悠哉游哉
無所事事
一無執著
無可無不可

嘿，你
好一個幽人
在社會邊緣
人際之間
那種種計較
概不沾邊

（三十）

你

一團意識
清晰而澄明
而我混沌之際
霎時間
便離我而去

你
說來便來
毫不含糊
說去便去
更無猶豫

你
說有便有
說無便無

超越生命的短暫
你
無生無死
不生不滅

你
看不見的光
聽不見的聲音
可近可遠
咫尺到無限
你永恆
而我
不過是個過客

（三十一）

感覺到的
詩人才說
感覺不到的
留給哲學

（三十二）

該說的似乎已經說了
剩下的不可言說
也就不必說穿
不妨學佛陀
咧嘴
做一副笑臉

（三十三）

從說完了的地方下筆
畫一塊石頭深思
畫棵柳樹悲泣
再畫一隻不流淚的眼睛
注視你自己

（三十四）

偶然來到人世
又偶然走了
命運之於人
或人之於命運
可不如此

（三十五）
沒有怨恨
又多麼輕鬆
七十而立
還穩穩當當
撿回剩下不多的性命
誠然
你抗拒不了死亡
只是同死神一再周旋
以遊戲延緩他的來臨

（三十六）
你又見到那人
夜半三更
一身黑衣

孑然一身
瘦骨伶仃
不緊不慢
飄拂如風
好一副身形
猶如無主的影子
在這世上游蕩
又像一個隱喻
或一則寓言

（二〇一〇年）

◀〈夢遊〉，1997，22.9cm×49cm

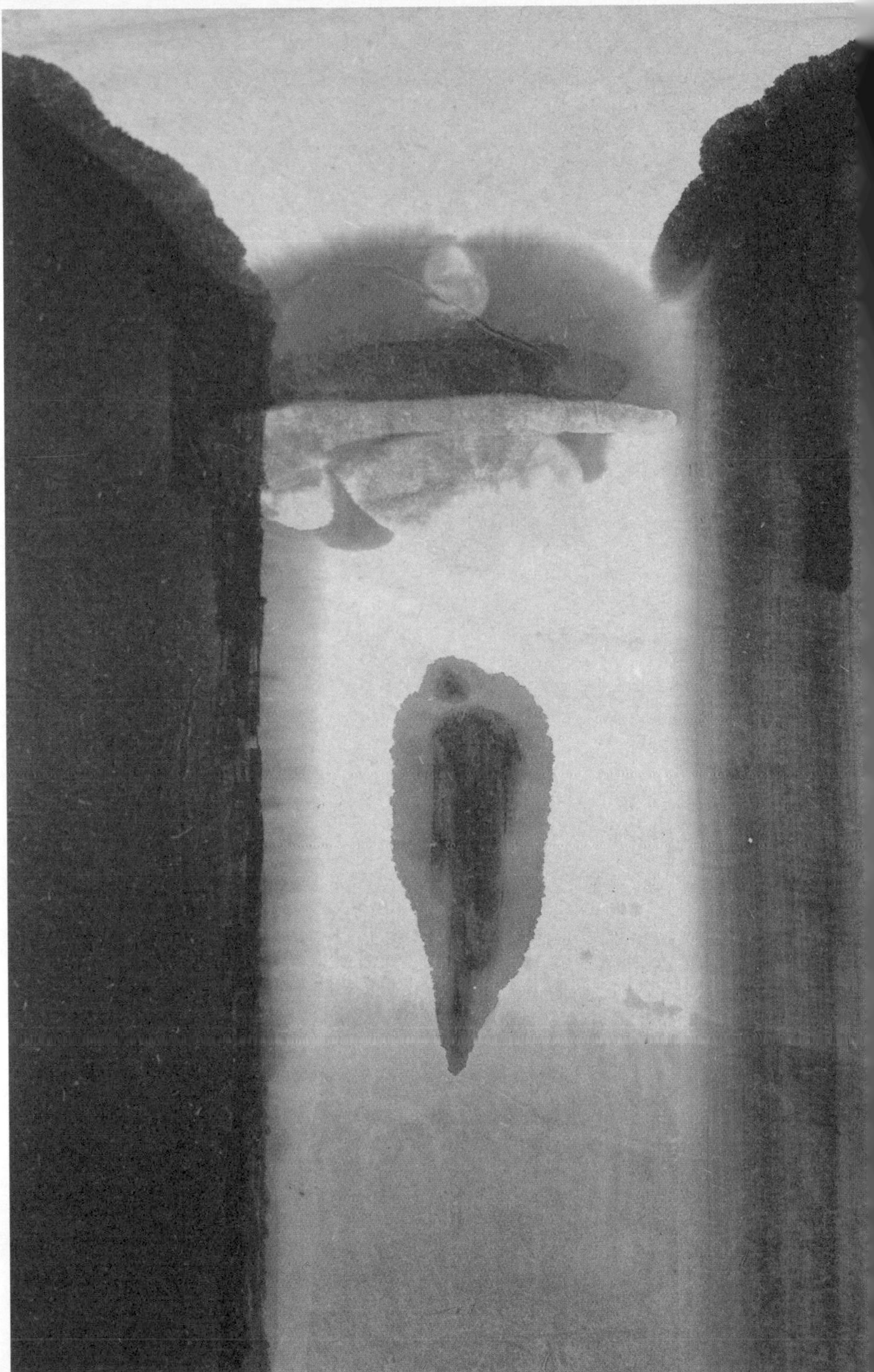

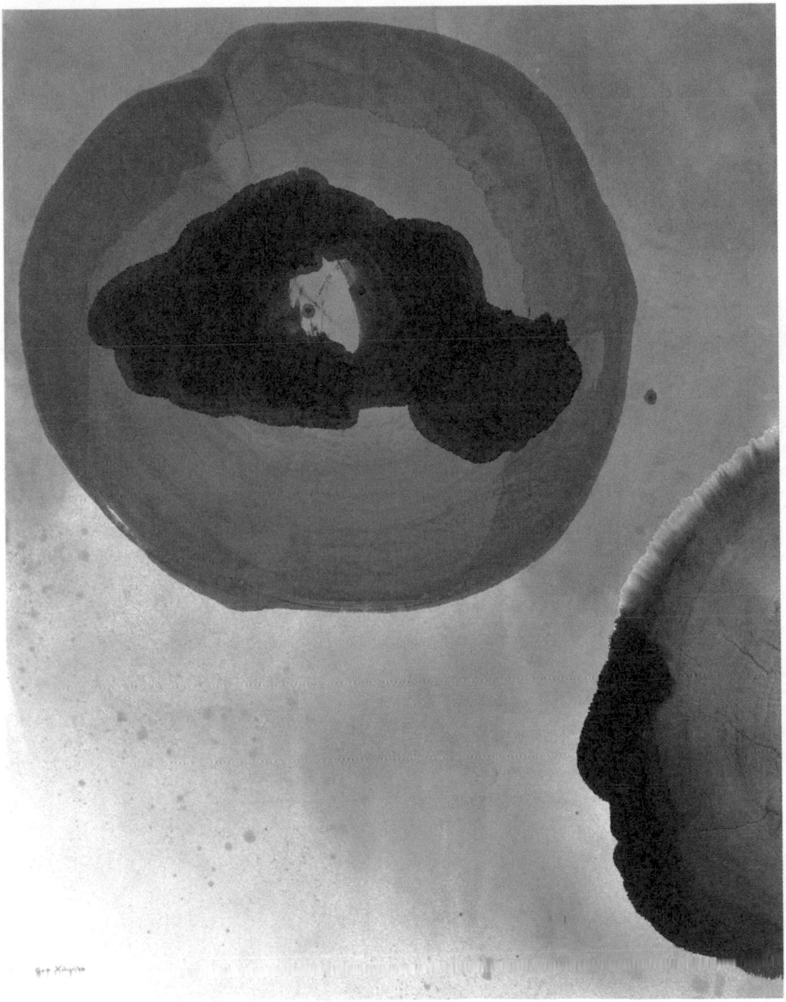

▲〈思想〉，2001，103cm×80cm

◀〈叩問〉，2010，240cm×350cm

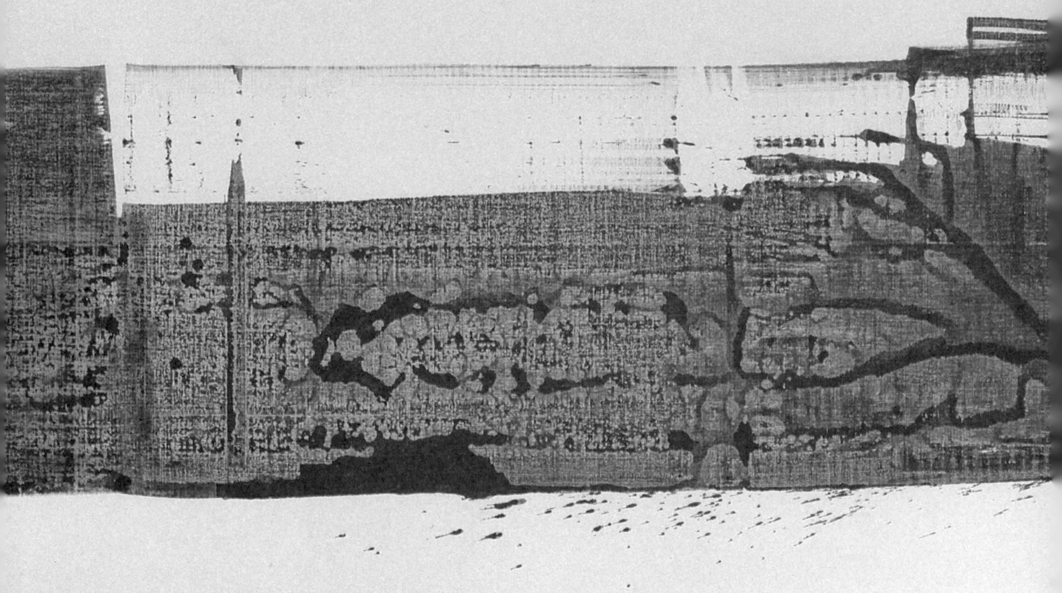

美的葬禮（電影詩）

（一）

你是否知道美已經消逝？
什麼？說什麼？
你是否知道美已經死亡？
不明白說的什麼？
你是否知道美已經葬送掉？
這怎麼可能？
要知道美就這樣了結了！

現如今　滿世界
目光所及　鋪天蓋地

處處是廣告
恰如病毒　無孔不入
每一分　每一秒
只要一打開電腦
堵都堵不住！

再不就是政治的喧鬧
黨爭和選票
而八卦氾濫
媚俗加無聊
唯獨美卻成了禁忌
無聲無息
了無蹤跡

你還無法知道誰幹的勾當

光天化日之下好生猖狂
美就這樣扼殺了
湮沒了　了結了
真令人憂傷！

解不開的惆悵
無窮無盡的沮喪
又向誰去述說？
都熟視無睹
有眼無珠
還找不到兇手
眾目睽睽下
大庭廣眾之中
美居然不見蹤影
精神的貧困滿世界瀰漫

這人世越來越嘈雜
人心卻一片荒涼
你四顧茫然
而眾人無言
難道都喪失了感覺
喚不起一絲回響
全麻木不仁？
又怎麼能容忍？
這問也是白問

滿街行人過往匆匆
你好生寂寞
不免湊近察看
一張張臉面

全都木然
一概視而不見
聽而不聞
不會觀雨
更不用說聽心
你於是恍然大悟
美已經從人心底
全然消逝
何等恐怖！

你真想大哭
卻沒眼淚
想找人訴說
竟沒有對象
沒有人能懂這憂傷

如此深沉
又如此沉重

（二）

儘管滿街燈火通明
車水馬龍川流不息
卻沒有一丁點人氣
這鋼筋水泥的叢林
無數玻璃的鏡面
空晃晃而無人影
金融疊起的都市
在深淵中聳立

美可不就這樣
喪失了

遺忘了
真令人寂寞
哪裡再找尋往昔的華麗和歡欣？
燦爛的陽光下金碧輝煌的穹頂？
再也見不到藍湛湛的天
海水浩蕩也已汙染
那身姿的優雅
情懷的瀟灑
那勾魂的倩影
動人心弦的眼神
如記憶一般遙遠

（三）

啊，義大利，威尼斯
居然還有個狂歡節盛會

活得既如此乏味
不如去沉醉一回
哪怕撿回的僅僅是
旅遊業營造的幻影

霧靄迷茫
苦雨連綿
碼頭空蕩蕩
清寂的街巷
往事如煙
連記憶也日益暗淡
夜浪拍岸
只喚起空洞的回響

生命與死亡較量

狂歡與一臉憂傷
相遇在威尼斯街上
夜晚歌劇院的舞會
死亡第一次露面
銀面具黑大氅
就不知是不是
詩人在扮演

紅的廳堂迴旋的樓梯
罩面具的裸女捧乳獻姿
生命乃一場豪華的盛宴
又怎麼能不縱情歡唱

從廣場到街巷
三位死神結伴逡巡

高個子噘個鳥嘴
其二罩個金臉
其三是一副骷髏
空洞的下巴
不多的幾顆牙

死神咧嘴
大笑人生的虛妄
卻一無聲響
深巷水聲倒影拍岸

死神抱起裸女
陳屍於黑水
詩人高歌一曲
嘲弄的是自己

教堂裡葬禮隆重而莊嚴
管風琴和彌撒合唱
大理石潔白的雕像前
人們列隊悼念
詩人揭下面具
滿臉的憂傷

哪裡還找得到鮮活的感覺？
又哪裡去找尋心靈的呼應？
哪裡再喚得起靈魂的悸動？
而魂魄安在？

一無響應
要知道　現如今

連詞語也喪失了意義
全都成了商品的廣告
你即使呼喚
也只剩個呼叫的姿態
失去魂魄的這你
無非一個虛晃的身影
徒然尋找失落的夢境

一個孤獨的男人
哪裡去找尋
同樣孤寂的女人
在社會的邊緣
一起去承接世界末日？
在世界的終端
重建伊甸園？

另寫一部創世紀？
哪怕僅僅勾畫
純屬內心的一番境界
較之革命和詞語的造反
竟無比艱難！

更加虛幻的女人
全然迷失在混沌之中
面孔再變化多端
不過是心中的幻影

只有憂傷才實實在在
牽扯起一個個聯想
如同雲霧中的幻覺
虛無縹緲若隱若現

（四）

窗外雪花飄飄
一個個裸女雕像似乎睡著了
皇家廣場上車輛緩緩而行
當心路滑恰如行人

雪中的公園靜悄悄
雪吸收了一切含義
聽到的只是
默默的心思

為什麼是倫敦街頭？
全然沒有緣由
只因為飄雪

雄獅也凍僵了

火車夜行
雪原在車窗外移動
你一無所有
只剩下惆悵

可你好富裕
這珍貴的情感
世界卻如此貧困
失去了哀傷
惟有利益和權力的較量
歸根到柢不過是牟利
世界弄成現今這樣子
又怎麼能不令人沮喪？

霰雪紛飛
深海浪湧
大西洋黑浪滾滾
一名少女提裙遙望

深秋早寒
一個上年紀的女人
不忍年華就此消逝
雙手掩面

一座中世紀的死城
陪伴一個黑衣女人
想要述說什麼
終於什麼也沒說

不過是詩人的獨白
同黑衣女人的沉默
剪接成一個個句子
如同荒草和廢墟連接

教堂內屍骸橫陳
死亡就這樣嘲弄生命
活生生的性命當其時
何嘗不也戲弄一番死亡？
一名裸女便肆無忌憚
橫臥在風車之下
騷姿弄首於殘垣之前

死神哈哈大笑
而女人哀歌

粉白的斷墻前
垂首轉身
沉浸在歌聲中
情趣自得
看腳尖旋轉

一個木偶在跳舞
是詩人在耍弄死亡
既然死無法抗拒
乾脆作一場遊戲
和死神一同起舞

女巫率領一群玩偶
一匹馬　頭伸出窗口
一個瘋女人滔滔不絕

獅子在門洞裡吼叫
流浪漢發表演說
說的是世界已無可救藥

街頭賣藝人戴一頂草帽
一副黑眼鏡懸掛在帽沿
墻壁上一顆石頭俯視
玻璃破碎黑洞洞的窗口

大街空蕩蕩
只有幾隻腳倒騰
一座沒有臉面的雕像
一隻手扒住屋檐
一個人吊在街心
一艘郵輪從天邊馳近

（五）

一戴上面具
人生便如戲
而如戲的人生
真的變成假的
真假混雜
再也弄不清
老演員掀開面具
縱聲大笑
笑這世界何其荒謬

生命出於偶然
美則更為蹊蹺
偶然之中的偶然

就那麼一瞬間
一個眼神
恰巧被另一雙慧眼
發現　捕捉　凝聚　定焦
從而成為影像
誰有幸看到
便銘記在心
詩人的幸運

各種各樣的表情
喜怒哀樂輪流操作
像是做面部的體操
人生的千姿百態
總還有點看頭

劇烈的表情
平靜的憂傷
輪流交替
人生百態
如同做戲

偶然一面之緣
如此這般一幅幅場景
隨後是長長的鏡頭
一個個畫面緩慢而平靜
總也在演變
有如幻覺
又如同夢境
卻真真切切
那切膚之痛

其時又恍恍惚惚
感覺的究竟是刀刃
還是皮膚？

不知是不是做白日夢
一個裸女躺在沙發上
身裹透明的輕紗在飛天
一個孩子在空地上張望
而舞女騰空表演柔術
展翼飛翔像是天使
又像女巫伸展黑袍
俯視亂糟糟的世界
張開雙臂悉盡包裹

一個壞孩子

躲在女人們大腿間
又好奇還又詭譎
那一張盈盈笑臉

（六）

再隨後是雲層
機翼下緩緩移動
從高空俯視
風起而雲湧
浩渺無垠
險像叢生
時而又迷茫如夢
令人止不住遐想
人生倘若果真如雲
豈不也妙趣橫生

雲影下戈壁浩瀚
永恆的寂寞
一無聲響
緩緩移動
遲遲才隱隱傳來
一丁點音樂

啊，遲來的春天柳條依依
寬闊的草場雪山在望
一棵枯殘的老樹等待截肢
一個農婦在門前用裙子擦手
一位老者站住呆望
一個女人呼天搶地
痛哭的不知是

喪失的丈夫還是兒子

哀歌悠遠
一座農舍空蕩蕩
頹敗的閣樓
封閉了的教堂
惟有死者的墓碑在守望

（七）
一個個赤腳的模特兒戴的奶罩
身裹透明的包裝紙
各色各樣的泡沫塑料
有拎鞋子的或揮舞提包

女士們　先生們，

你們瞧！
要一切全都是假的
這世界該多麼美妙！

沒有藝術
沒有含意
您儘管隨意胡搞
只要能推銷

沒有信仰
沒有記憶
只誇誇其談
還無須思想

也沒有音樂

只有音響
震耳欲聾
要不，戛然打住！

一個豔裝酒吧女兩腿岔開
剛轉身第二個趕緊亮相
更加挑逗還加倍惹眼
第三個跟著上場
赤裸得只剩下三點

生命無非是生命
要什麼意義？
也沒有希望
希望即虛妄

三名吧女躺在圓盤上
旋轉出風情種種
沒有什麼比這更容易
還樂得輕鬆
新時代就此來臨
歷史從此告終

四個男人西服革履
前後左右把住路口
雙手一律插進口袋
不知是做時裝廣告
還是雇傭來的保鏢

搖滾樂於是四起
此起彼伏一片嚎叫

說是發洩
又像尋熱鬧

一條黑布長長如龍
緩緩移動
順次鑽出四個男人
有戴黑眼鏡的
有的叼根雪茄
有戴禮帽的
有撐的陽傘

隨後拖出的女人
像剛打撈的溺水女子
一串長長的悲歌
一聲絕望的喊叫

又像風聲在呼嘯

（八）

一名女演員凌空步行
兩手張開雙目閉緊
靠得住的唯有自己
你們說什麼她一概不信

說人生如夢
還不如說人生如煙
生命猶如懸絲一縷
上一刻還清清楚楚
下一刻便煙消雲散

她也知道這一閃念

不過是個意象
停佇之時
便從中得趣
而實實在在的人生
不知在何處

沒有奇蹟
只有約會
也沒有幻想
有的只是床笫之間
愛情一個空洞的字眼
不如時裝不斷翻新

（九）

詩人手持詩篇

向同桌十二個男人朗誦
眾人前俯後仰
不亦樂乎
詩人摺下詩篇
不勝惶惑
眾人於是哈哈大笑
詩人憤憤然追問：
是誰把美葬送了？
霎時一片譁然
盤子裡的黑墨潑灑一桌
莊重的晚餐不歡而散

落魄的王子沒有歸宿
曠野裡徘徊困頓不堪
偏偏遇上沮喪的詩人

誰也解救不了誰
默默相望
之後如喪家之犬
彼此嗅了嗅
各自轉身走開

湖泊已經乾枯
天鵝都飛走了
只剩下一汪沼澤
王子在泥潭中跪下

唐吉訶德又老又瘦
揮舞一把破傘
可憐的騎士哪裡撐得住
這搖搖欲墜的世界

面對四面來風
新聞八卦層出不窮
哈姆雷特利劍出鞘
竟然找不到敵人
束手無策
四顧茫然

長長的餐桌一張
門徒分坐兩旁
詩人替代了基督
端坐中央當仁不讓
舉手示意要發表演說
不料眾人竟紛紛起鬨
隨即齊聲唱起搖滾

詩人就勢改變手勢
權且充當一回指揮

也還是這張長桌
眾人圍住那主發牌
只見他掀開手中的一張
眾人騰的全都站了起來

上帝其時已變成乞丐
邋裡邋遢蹣跚而來
向眾人一一伸手
什麼也乞討不到

上帝在天庭震怒了
降災難於人世

末日審判於是來臨
這人世一片混亂
造物主冷眼靜觀
無意拯救

（十）
進此門得一分鐘靜心
出此門得一分鐘凝視

門徑自打開
大廳空蕩蕩
隱隱約約
晃過個人影
誘你前行

一聲聲腳步
一重又一重的門
一個個不分男女
進入地獄之前
過往的一生
止不住回顧流連

死神持杖逡巡
跟隨兩位侍從
舉杖指向誰
誰便倒斃
無上威嚴
無從抵擋
所經之處
無人得以寬恕

詩人同死神照面
死神舉起拐杖
詩人再桀驁不馴
不得不雙手蒙面

一女子以淚洗臉
一女子垂下長髮
一男人喊而無聲
一老者雙膝跪下

一個又一個奇怪的姿勢
一聯串怪異的動作
一個個場面莫名其妙
種種行為不明前因後果

不知他或她是誰
偶爾一面之緣
看到一個姿態
聽見一聲叫喊
不明白什麼含意
事情已經發生
也無須加以解釋
況且也說不清
這無其數的偶然
或稱作命運
或所謂機緣
想要的總也遇不上
從未預料偏偏在眼前

畫面就這樣剪輯
大千世界可不從來如此
眼看這座地獄之門
浮世繪中芸芸眾生
輾轉反側飽受煎熬
不斷折騰永無止境
總也解不脫的欲望
一幅幅受難的景象

再隨後一組群像
猶如活動的雕塑
一個個人體
煉獄中男男女女
糾纏扭曲
彼此還不斷牽扯

不知是赴死
還是求生？

（十一）

基督哪怕是上帝之子
且不說拯救不了世人
甚至無法拯救自己
人世如此混濁
還有什麼值得信仰？
又哪裡找尋崇高的精神？

上帝既然已經死了
上帝之子耶穌基督
且已死在這之前

剩下一個又一個
自稱為救世的主
世界由他們糟搞
可不是越搞越糟

連記憶全都抹去
只剩下一片虛無
既然歷史已經終結
剩下的不過是塗鴉
既然意義也已喪失
又何必再去書寫？

既然人們宣告
上帝從此已死
索性無所事事

與其像個叫花子
什麼也乞討不到
不如做個流浪漢
在人欲橫流的世上
縱觀行人匆匆過往

這是一個沒有救贖的時代
有的只是各種各樣的商標
這是一個無比偉大的時代
大樓一座比一座蓋得更高
精神一個比一個更矮小

上帝造人時何曾想到
造出的人類無比貪婪
這般狡猾還如此狂妄

又怎麼能不沮喪？
唯獨撒旦暗中竊笑
向死神一再擠眉弄眼

歌星於是縱情高唱：
這世界如此美妙
啊，如此美妙
美妙得沒治了！

唯獨一位老者
步履蹣跚
遍地徒然找尋
喪失了的憐憫之心

午夜的廣場空寂
思想者從石座上下來
同迎面而來的詩人相望
久久凝視而默默無言

（十二）

人群迷失在摩天樓群中
車輛穿行於燈光之間
永遠忙忙碌碌
不知何處是歸屬

人們紛紛詢問：
究竟何去何從？
卻無人知道
這問也徒勞

而人群簇簇
還前推後擁
世界總也亂糟糟
一人呼叫
便嚷成一片
究竟喊什麼？
誰也聽不清
有人伸手
眾人都去搆
到底要什麼？
只有天知道
到頭來
什麼也抓不到

背後那隱形的黑手
只能感覺蛛絲馬跡
等你轉身了無蹤影
卻總也在周遭算計

人肉炸彈隨時可能拉響
摩天樓再高霎時崩塌
恰如紙牌疊起的股市
風吹草動便搖搖欲墜

天天聽的是政客們
此起彼伏競選的謊言
六根一刻不得清靜
媒體垃圾鋪天蓋地
又如何清理得乾淨？

真理弄成招搖過世的一塊破布
正義也蛻變成揮之不去的病毒
叫所有人一概過敏
喪失嗅覺只打噴嚏

現如今通行的
只有一個字眼：
錢！
印製鈔票比手紙還快
成噸成噸以億萬計
撒向全世界

與其由媒體天天侃侃而談
你何嘗不也面對世界發言

一個人直面人生說自己的話
中不中聽不在話下
況且說就說了
也就了然釋然
並非為後代留言
端起架子當聖賢
而聖人都早已安息
世界卻不見太平

更何況上帝已死
其子基督也白白犧牲
只見一個又一個超人
世界由他們重新打造
怎麼能不越弄越糟糕

地下管道錯綜複雜
嘶嘶聲響令神經緊張
剎那間如瓦斯爆炸
一個個目瞪口呆
身體緊貼住烏黑的墻皮
無可後退猶如絕境
這場景就像集體屠殺
一群赤裸的人體
塞在關閉的電梯裡
如同囚籠
恐懼與絕望
令汗血一概冰冷

（十三）

歷史總也不斷重複

人們恰如熱鍋上的螞蟻
依然成日價急急匆匆
並不知道究竟去哪裡
這才是人類最深刻的悲劇
誠然又是一齣絕妙的喜劇
而悲喜交加　荒誕加怪誕
人生如戲　可不如此這般

問題恐怕只在於
觀眾的位置在哪裡？
這多少才算個真問題
徒有演員而無觀眾
戲演得哪怕再精彩
無人觀賞有何意義？

問題進而又在於
看到的都是包裝好的節目
而生菜也苦
都打了農藥
牛排豬排全注入激素
到海水也深深汙染
魚無須打撈全漂浮水面
這世界才真叫美妙
只剩下無所不能的人
無比貪婪
無止境消費
加速度瘋狂
止都止不住
不知道何謂滿足

直到有一天
能源耗盡
林木全剃得精光
無聲無息還無風
連地球也拒絕旋轉

去烏有之鄉之前
姑且停一分鐘
靜默！
屏住呼吸
觀審和傾聽
此時此刻
所作所為
是否必要？

且慢一拍！
不為人先
看一看前人的腳印
再看看樹葉飄逸
隨後聽風聲沉吟
重新領悟生命的含意
回顧身後這路如何再走？
又是否值得？

就這樣到了一個街口
每天經過竟忽略了
街角一抹斜陽
陽臺上牽個風箏
恰如兒時的希望
而明朝是否看得到藍天？

你於是聽見腳步下
這長長的身影
竟然勾起另一個
久已喪失的印象
銀鈴般的歌喉婉轉
令心頭一熱
止不住老淚橫流
如今早已人逝物非
何從撿回散失的記憶？

（十四）
匆匆過往的行人
恰如一行行螞蟻
而生命瞬間即逝

不死於車禍
便死於戰爭
暗中一顆槍子
迎面一聲爆炸
還來不及叫喊
已魂消魄散
至於不治之症
好歹苟延殘喘
不能不算幸運
而焦慮和頹喪
可是不治之症
喪失掉記憶
死亡的前兆

這才想起生活該有的品質

過一天混一天也算是人生？
何時才能重見黎明的徵兆？
又如何領悟生命的含義？

告訴我們！
告訴我們！
告訴我們！
怎樣才能得到寬恕？
怎樣才能得以解救？
怎樣才能重見美的曙光？
維納斯動人心弦那嬌美的形象？

一家家閃過的店面和櫥窗
一個接一個長長的隧道

一群男人簇擁
一名赤身垂危的女子
抬起手腳　扛在肩上
氣喘吁吁　奔跑不息
不知是擄掠還是拯救
女人們捂面哭泣不已

高速公路永遠是同樣的路標
車窗外閃閃而過的樓群和廣告

維納斯無聲無息
躺在圍觀的眾人腳下
喃喃吶吶議論聲中
一灘黑水在腿下流淌
男的低頭女的捂面

一個個散去不忍再看
死了？
死了？
死了！

沒有回應
沒有聲響
沒有動靜
沒有氣息

眾聲疊起
死了，死了，死了……
就這樣
扼殺了

窒息了
踐踏了
犧牲了
葬送了
了結了

（二〇一一年十一月二十四日）

〈觀火〉，2006，127cm × 210cm

〈鬱〉，2008，59.5cm×131cm

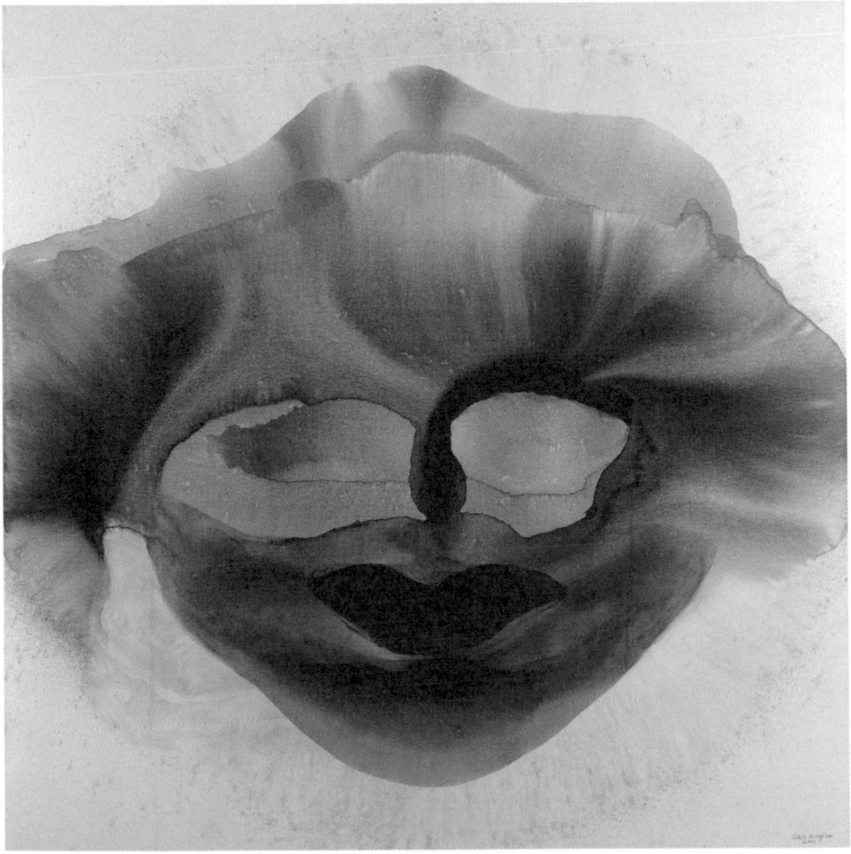

〈人生如戲〉，2011，100cm×100cm

▶〈死亡〉，2002，31.5cm×25cm

短詩輯錄

打開什麼

打開門
　一陣風聲
打開窗戶
　一隻死鳥
打開自己
　喃喃囈語
關上門
　看不見海
關上窗戶
　剩下燈光
關了燈

面對黑暗
你
又不是你
又不是我
走進隧道
一頂禮帽
掀開禮帽
一隻蝴蝶
折斷翅膀
掀開翅膀
一隻懷錶
打開表
一隻甲蟲
打開甲蟲
一窩螞蟻

捅開螞蟻
　　全了爬出來
打開石榴
　　紅的
打開信箱
　　空的
打不開牢籠
　　打得開鎖
撐開雨傘
再打開
處女的禁忌
唯獨
揭不開
　　那一臉虛
打開龍頭

嘩嘩流淌
打開字典
滿滿一篇
打開
不該打開的
白睜一雙大眼

誰怕張三

誰怕維吉尼亞·吳爾芙？
恰如誰怕張三
誰怕誰都不怕
張三是隻狼？
維吉尼亞是一頭母虎？
怕與不怕都只是一句話

反抗語言
恰如反抗影子
反抗影子
恰如語言的反抗

反抗反抗
恰如陷阱
誰落進去誰都不幸

悼梅新

酒醇茶未涼
詩還在
一位朋友
猝然走了

默默端坐
聽風聲雨聲
等子夜電話
造化如常
鏡泊湖畔

或北市酒吧
再一同杯中撈月
玉山雪總也不化

吐棄

說什麼？
牙掉了
不用嚼碎
吐棄
比做什麼
都來得容易

鳥語

聽一種不懂的語言
如同聽鳥叫
一群人嘰嘰喳喳
有說還有笑
恰如一群鳥

鳥兒一來一窩蜂
瞧！那人
好一本正經！
沒準在思考？
一個知識分子？

又一個救世主？
啊，真理的化身！
別同他沾邊！

鳥兒一陣風
統統飛走了
凌空轉一圈
落到另一棵樹梢
依然嘰嘰喳喳
沒完沒了
全然沒煩惱

京都有感

入夜醉京都
這花街柳巷
大紅的燈籠
車如流水
馬如龍
發一通狂言
好一個夢
來一首和歌
再一聲清唱
另一種純粹
又一番玄想

人世的悖論

可能未必可行
不可行卻可信
可信並非可行
人世的悖論

夢的啟示

夢中頓然領悟
你並不屬於這世界
夢中的那你
也為他人不容
只有將自我懸置
才得以自在
你於是隱形優遊
穿梭於人世
或停佇觀望
這眾生的景象
熙熙攘攘變化多端

情趣所至而興致盈然
方才領會
何謂自由
人間世事
頓時清澄

夢中

夢中回到童年
故鄉是一座空城
你佇立街心
陽光燦爛
清寂無人
一頂頂草帽
扣住一個個木樁
一動不動
令你悚然
不禁想起兒時夥伴
門口石階長滿苔蘚

親人可不早已作古
你四顧茫然
不如拍張照片
好歹留個紀念
轉身去取相機
竟已出了夢境

舞蹈

做無緣無故
不可名狀之事
沒頭沒腦
莫名其妙奔跑
抓頭髮起飛
抱住腳直跳
起伏衝撞
都毫無必要
還做得認真
跳得起勁
竭盡心力

做得盡興
供奉一身
卻難以謀生
此乃謂之
舞蹈
原本出於
性情

政治

丟一個線團
讓貓咪去玩
給一個球
叫孩兒們去搶
造一點機會
由人去鑽營
弄一些是非
讓大家辯論
把正義
時時掛在嘴邊
發動戰爭

如同政變
都黑箱操作
容不得公眾討論
是為
政治

思想

思想
　在火中燃燒
在水中沉靜
　在雲中飄逸
在心中諦聽

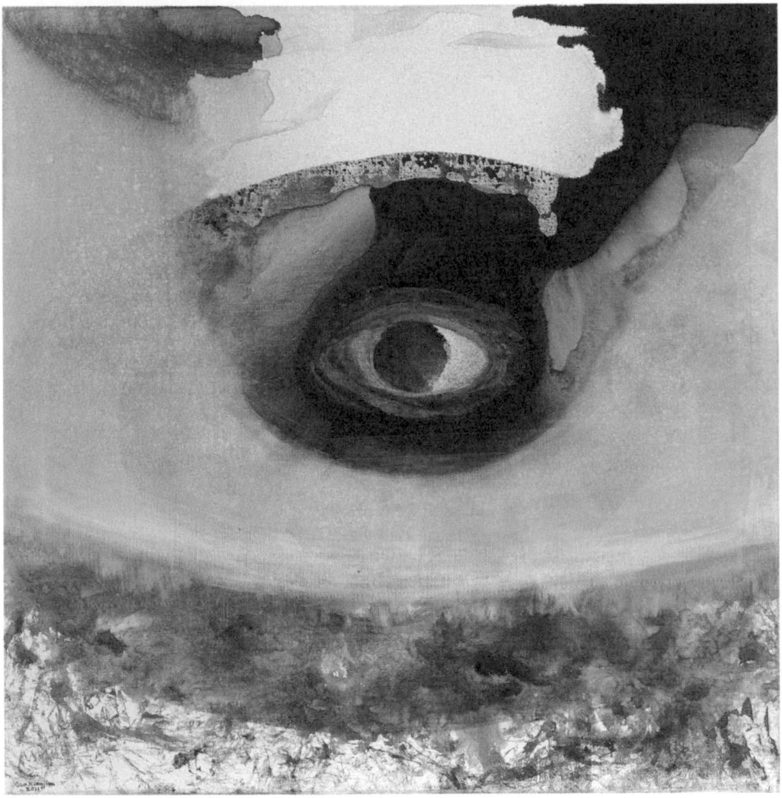

▲〈天眼〉，2011，80cm×80cm

►〈思想〉，2007，195cm×130cm

佳句偶拾

(一)

禪思

靜慮

妙有

坐忘

(二)

鎌倉大佛

好生自在

不牽不掛

方為瀟灑
無可無不可
是為透徹
一派虛空
又見清風

(三)

夜雨淅瀝
寂中透靜
翻然覺醒
尚未黎明

（四）
日以繼夜
花開花謝
春去冬來
歲月如斯
恍若流水
人獨憔悴

（五）
斯人已逝
何來足跡？

（六）
伊人在彼岸
相思在此時

（七）

東或者西
概無道理
不明不白
一場糊塗
不上不下
又非懸置
一團混亂
什麼都不是
輾轉反側

怎麼都不適

（八）
三月還冷
鳥鳴花不開
好沒心思

（九）
身影偶合
能不叫哥哥？

（十）
其中有
豁然燦然

（十一）
四方土地
一方天井
修竹斜影
神閑氣定

（十二）
無中生有
盡在其中

（十三）
念天地玄黃
看造化無常

（十四）

妙語偶拾

造句把玩

（十五）

是是非非人間事

可不是從來如此

（十六）

醍醐灌頂

一夜的糊塗

起來近中午

方才醒悟

（十七）

望不斷天涯路
回不去時
方為歸屬

（十八）

你又見到了
那一抹微笑
在心中刻下
永久的刀痕

（十九）

方圓
尺寸
裁剪

領袖

（二十）
一團疑竇
問個通透

（二十一）
上下求索
人生苦短

（二十二）
隨意如水
恣意汪洋

（二十三）

或平靜
或滿盈
蓋不上心
此乃大幸

（二十四）

一派虛無乃事物本相
只能拾點生活的碎片

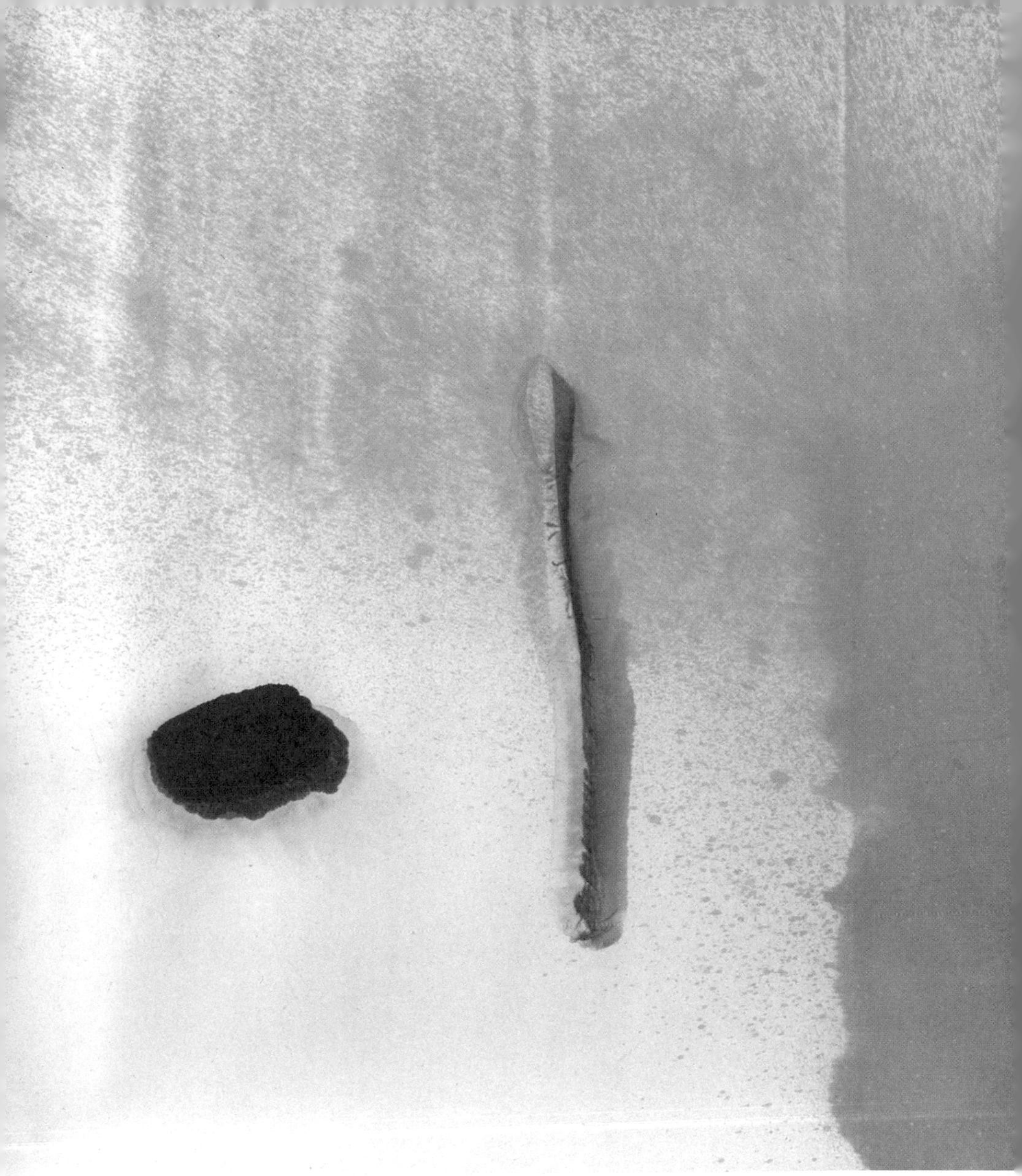

〈狀態〉，2008，97cm×181cm

〈在與不在〉，2000，147cm×273cm

後記

高行健

這是我第一本詩集，雖然從童年起就不斷寫詩，卻極少發表。記得是一九九一年，我已在巴黎定居，應臺灣的一些詩人朋友約稿，先後在《中國時報》和《現代詩》發表過幾篇。迄今已整整二十年，這次也是在老友林載爵先生的關心和催促下才整理出這本詩集。

我不自認為詩人，儘管詩歌可以說幾乎貫串我的創作，從專為舞蹈寫的劇目《聲聲慢變奏》到劇作《周末四重奏》和歌劇《八月雪》，乃至最近的電影詩〈美的葬禮〉，其文本都是詩篇。這本詩集中收錄的五篇主要作品，其一〈我說刺蝟〉，不如說是一首戲作，我稱之為現代歌謠，也因為民間歌謠現時代已經被流行歌曲取代了。其二〈逍遙如鳥〉，原本是為電影寫的，我把我做的這種擺脫敘事結構的電影稱為電影詩。其三〈夜間行歌〉，則是我所謂的舞蹈詩劇，將詩與舞蹈和戲劇表演結合在一起，自創的一種舞臺表演樣式。二十多年前，我還在中國的時候，曾為旅美的舞蹈家江青女士寫過一個這類的舞蹈節目，取材於宋代詞人李清照的〈聲聲慢〉。這些作品不同戲劇舞蹈便同電影聯繫在一起，只有〈遊神與玄思〉算個例外。

我的詩都回歸口語，一聽就懂，應該說沒有一句要費心琢磨的，哪怕我寫的時候一再修改，有的甚至改上若干年。這並非誇張，也因為我對詩歌的語言有種頗為極端的要求，得琅琅上口，甚至可以唱誦，因而首先注重的是語感和語言的樂感。對我來說，語言得出自活人的聲音，書寫與修辭是隨後的事。換句話說，不以文害意，造成語障，這種苛求又來自我對現代漢語的反思。現代漢語的歐化，把西方語言的語法和句法形態不加消化，生硬引入現代中文的行文，往往讀來費勁，難以聽懂。近三十年來，西方現當代文學和語言學的譯介更促使中文進一步歐化。我反其道行之，追求的是現代漢語的通達和流暢。

我以聽覺來梳理筆下的語言，通過朗讀，是凡費解的詞句一概清除。語言的語感與樂感超乎語法與修辭的範疇，同說這種語言的人活生生的感受密切相關。漢語的四聲，平上去入形成的抑揚頓挫，是中文語音語調的基本構成。古漢語主要以四字句行文，《詩經》與《楚辭》正源出於此。之後的五言與七言律詩和詞曲的格律同樣建立在四聲的基礎上，進而賦予節奏的變換，更加音韻化。

白話文為漢語引入大量的雙音和多音節詞，還有許多外來語譯成的新詞，再加上西方語言的語法和詞法的形態湧入現代漢語，中文語音語調固有的四聲似乎忽略了。我的詩則確認四聲形成的語調與由此而來的節奏，並訴諸宣敘和詠嘆，因而便於出聲朗讀。我寫作的時候時常借鑒音樂，希望詩句富於音韻和節奏感，這也是我的詩在語言上追求的方向。

二十世紀西方現代詩的大趨勢是結束抒情，文藝復興以來歐洲詩歌的這一深厚的傳統已經消失。從法語阿波里奈爾宣告的超現實主義，到英語艾略特的《荒原》的反抒情，在詩歌創作領域裡確認了現代性這一美學宗旨。詩同歌於是分家，詞與詩意也分道揚鑣，恰如造型藝術中美的消逝，代之以形式或觀念。現如今，這現代性原本作為革新的時代性標誌，也已蛻變為空洞的美學教條，而詩意何在？對詩歌創作而言倒是個真問題。

誠然，中文詩歌自有悠久的傳統，又以詩言志和意境說為兩大分野。西方的現代詩進入漢語較之白話詩還要再晚幾十年。是中學為體還是洋為中用，這類空泛的討論對現今的中文詩創作應該說絲毫無補。詩人們在自己的創作中自然各有追求。我的詩如果說也有個趨向的話，那就是在這商品拜物教和政治無孔不入的時代，去找尋已經喪失了的詩意，恰如我正準備拍攝的電影詩〈美的葬禮〉，企圖通過對美的哀悼而發出呼喚：回歸人性，回到審美，於無意義中尋求含意，通過觀審喚醒良知，希冀多少捕捉到詩意的一點蹤跡。

（二〇一一年十一月十日於巴黎）

當代名家

遊神與玄思：高行健詩集

2012年5月初版 定價：新臺幣490元
2016年6月初版第三刷

著者 高行健
總編輯 胡金倫
總經理 羅國俊
發行人 林載爵

出版者 聯經出版事業股份有限公司
地址 台北市基隆路一段180號4樓
編輯部地址 台北市基隆路一段180號4樓
叢書主編電話 (02)87876242轉224
台北聯經書房 台北市新生南路三段94號
電話 (02)23620308
台中分公司 台中市北區崇德路一段198號
暨門市電話 (04)22312023
郵政劃撥帳戶第0100559-3號
郵撥電話 (02)23620308
印刷者 文聯彩色製版印刷有限公司
總經銷 聯合發行股份有限公司
發行所 新北市新店區寶橋路235巷6弄6號2F
電話 (02)29178022

叢書主編 邱靖絨
校對 吳美滿
高行健
整體設計 莊謹銘
水墨繪者 高行健

行政院新聞局出版事業登記證局版臺業字第0130號

本書如有缺頁，破損，倒裝請寄回台北聯經書房更換。 ISBN 978-957-08-3997-5 (精裝)
聯經網址 http://www.linkingbooks.com.tw
電子信箱 e-mail:linking@udngroup.com

本書圖片皆由作者提供。

國家圖書館出版品預行編目資料

遊神與玄思：高行健詩集/高行健著．
初版．臺北市．聯經．2012年5月(民101年)．
272面．14.8×21公分（當代名家）
ISBN 978-957-08-3997-5（精裝）
[2016年6月初版第三刷]

851.486 101008396